講談社文庫

天下

奥右筆秘帳

上田秀人

目次

奥右筆秘帳

天下

◆『天下――奥右筆秘帳』の主要登場人物◆

立花《たちばな》併《へい》右衛門《えもん》　奥右筆組頭《おくゆうひつくみがしら》として幕政の闇に触れる。麻布《あざぶ》箪笥町《たんすまち》に屋敷がある旗本。

柊《ひいらぎ》衛悟《えいご》　立花家の隣家の次男。併右衛門から護衛役を頼まれた若き剣術遣《つか》い。

瑞紀《みずき》　併右衛門の気丈な一人娘。幼馴染《おさななじ》みの衛悟を婿《むこ》に迎える。

大久保《おおくぼ》典膳《てんぜん》　涼天覚清流《りょうてんかくしんりゅう》の大久保道場の主。剣禅一如《けんぜんいちにょ》を旨《むね》とする衛悟の師匠。

徳川家斉《とくがわいえなり》　十一代将軍。大勢の子をなす。衛悟に鷹狩り場で救われる。

松平《まつだいら》越中守《えっちゅうのかみ》定信《さだのぶ》　奥州白河《おうしゅうしらかわ》藩主。老中として寛政《かんせい》の改革を進めたが、現在は溜間詰《たまりのまづめ》。

一橋《ひとつばし》民部卿《みんぶきょう》治済《はるさだ》　権中納言《ごんのちゅうなごん》。家斉の実父。大御所《おおごしょ》就任を阻んだ定信を失脚させた。

太田《おおた》備中守《びっちゅうのかみ》資愛《すけよし》　老中。一橋治済に近く、併右衛門に罪を着せようとしたことがある。

本田《ほんだ》駿河守《するがのかみ》和成《かずなり》　江戸城の留守居《るすい》。大目付《おおめつけ》と並ぶ旗本の顕職。

冥府《めいふ》防人《さきもり》　鬼神流《きじんりゅう》を名乗る居合い抜きの達人。一橋治済に仕える衛悟の宿敵。

絹《きぬ》　冥府防人の妹。治済の寵愛《ちょうあい》を受ける甲賀《こうが》の女忍《おんなしのび》。

村垣《むらがき》源内《げんない》　家斉に仕えるお庭番頭《にわばんがしら》。根来流《ねごろりゅう》忍術の遣い手。妹の香枝《かえ》も家斉の護衛。

藤林《ふじばやし》喜右衛門《きえもん》　お広敷《ひろしき》伊賀者《いがもの》組頭。定信、治済双方に女忍を側室として遣わした。

深園《しんえん》　東寺法務大僧正亮深《とうじほうむだいそうじょうりょうしん》の法弟子。幕府転覆《てんぷく》を狙い、寛永寺《かんえいじ》に乗り込む。

島津《しまづ》重豪《しげひで》　豪気で知られる薩摩《さつま》藩主。家斉の正室（御台所《みだいどころ》）茂姫《しげひめ》の実父。

初島《はつしま》　大奥の御台所付きの年寄《としより》。薩摩時代から茂姫に仕えている。

実咲《みさき》、初音《はつね》　死をおそれぬ薩摩の捨《す》てかまり。末《すえ》の女中として大奥に入る。

第一章　奥と表

一

人の口に戸は立てられない。

大奥で僧侶が将軍を襲ったとの話は、一日かからず、江戸城に広まった。

「寛永寺《かんえいじ》の僧侶と名乗っていたそうじゃ」

「いや、そう偽っていただけと聞いたぞ」

城内のあちらこちらで数名が集まっては、互いの耳に入った情報を示し、そして相手の手札を見せてもらう。

これを繰り返すことで、役人たちは真実へと近づいていく。

しかし、なかには、真実を見抜く力を持たず、まちがった結果を信じこむ者もいる。どころか、わざと相手が混乱するよう、誘導する質《たち》の悪い者もいた。

そんな江戸城のなかで、醒《さ》めた場所があった。奥右筆部屋《おくゆうひつ》である。

「たいへんなことになっておるようで」

書付《かきつけ》に筆を入れながら、奥右筆組頭加藤仁左衛門《かとうにざえもん》が言った。

「のようでございますな」

淡々と同じ組頭の立花併右衛門《たちばなへいえもん》も同意した。

「表右筆は、顔色をなくしておりましょう」

加藤仁左衛門が笑った。

「職分以外のことに手を出した報いでござる」

併右衛門も口の端をゆがめた。

奥右筆と表右筆には職分に差があった。奥右筆は幕政にかかわることいっさいをあつかい、表右筆は将軍家の私《わたくし》を管轄《かんかつ》した。

だが、これも曖昧《あいまい》なものであった。

なにせ、幕府といったところで、もともと徳川《とくがわ》家の家政でしかなかったからである。

幕府は、その字のとおり、戦場においていくつかの勢力が合同したとき、その総大将のおいた本陣のことだ。他の勢力への命令をする権を持つが、その領土まで差配《さはい》するわけではない。

徳川幕府も天下を治めているようであったが、そのじつは各大名たちを支配しているだけであり、その政《まつりごと》が直接及んでいるのは天領だけであった。

当然、徳川家と幕府の境界は曖昧である。

さらに奥右筆は五代将軍綱吉《つなよし》のときに、右筆から分離して作られたもので、その職分もはっきりと区別されたものではなかった。

もともと、奥右筆は老中たちに奪われていた政の実権を、将軍家へとりもどすために設けられた職である。ときの将軍のつごうで、いろいろと改変がおこなわれたこともあり、幕府の公式行事のみを担当するといいながら、将軍家菩提寺《ぼだいじ》の年忌法要などもあつかっていた。

今回、大奥で初めて行われた歴代将軍ならびに御台所《みだいどころ》の法要も、奥右筆の筆がかかわるべきであった。

しかし、その裏にきな臭《くさ》いものを感じ取った併右衛門は、寛永寺による大奥法要に手出しをするべきではないと判断、法要願いの書付作成依頼を前例がないとして突っぱねた。

奥右筆に断られた太田備中守《おおたびっちゅうのかみ》は、大奥での法要は諸大名や役人の参加ができないことを理由に将軍の私行事とし、表右筆に書付の作成を命じた。

その大奥法要で、寛永寺の僧侶と名乗る曲者《くせもの》に十一代将軍家斉《いえなり》が襲われた。

「まあ、表沙汰《おもてざた》にすることはできませぬゆえ」

筆を走らせながら、併右衛門は言った。

「さよう。さよう。江戸城内で上様へ刺客が迫るなど、あってはならぬことでございまする。明らかになれば、少なくとも法要の開催を認める老中奉書へ署名した執政衆はもとより、お広敷《ひろしき》に務める用人、番頭《ばんがしら》、伊賀者頭《いがものがしら》はそろって切腹いたさねばならなくなりまする」

笑いを浮かべたままで、加藤仁左衛門が述べた。

お広敷とは、大奥のことをつかさどる役所のことだ。大奥女中の出入りから、将軍が大奥にいる間の雑用、警固《けいご》を担う。今回のことで、もっとも衝撃を受けているはずであった。

「上様がご無事でござれば、なかったこととなりまする」

併右衛門が告げた。

「といったところで、このままなにもなしとはいきますまいな」

「いかにも。お広敷用人、番頭の首は飛びまするな。ほかにも異動する者も多く出ましょう。そして、ほとぼりが冷めたころに、ご老中太田さまも……」

加藤仁左衛門と併右衛門が顔を見合わせた。

「やれ、忙しくなりそうでございますな」

「まったく」

二人が嘆息した。

奥右筆の仕事に、幕府役人の任免の記録があった。免は楽な作業であった。何年何月何日に、どのような事情で誰それが罷免《ひめん》されたと書くだけだからである。

問題は任にあった。任の場合、その候補となった者が、過去に問題を起こしていないか、一族に利害の重なる役目に就いている者はいないか、本人の素質は合っているかなど、ふさわしい人材かどうかの調査をしなければならない。これも奥右筆の仕事であった。

そして、免じられる者の数だけ、任じられる者も出る。

多忙な奥右筆にとって、予定外の仕事ほど嫌なものはなかった。

「これで少し、あやつが大人《おとな》しくなるだけよしとしましょうか」

「奥右筆組頭への推挙をあちらこちらに頼んでいたようでございましたが」

「金もかなり遣《つか》ったようでございましたが、それも無駄になりもうしたの」

小さく併右衛門が笑った。

あやつとは、表右筆組頭のことであった。

併右衛門も加藤仁左衛門も表右筆から、奥右筆へ異動してきた。

右筆とは前例のある書付相手の仕事である。まったく筋違いの役目から移ってきたのでは、とまどうことになる。取り扱う書付の種類も多く、膨大《ぼうだい》な量をこなす奥右筆には、熟練が求められた。いわば、表右筆は奥右筆への修練の場であった。

また、大名や旗本の家督《かとく》相続、隠居、婚姻《こんいん》などの書付もあつかう奥右筆は余得もすさまじいほどあった。なにせ、奥右筆の筆が入らないことには、相続も婚姻も効力を発しないのだ。世継ぎなきは、断絶。多少緩和されたとはいえ、これは幕府の決まりである。相続の願いをいつまでも放置されては、家に傷が付く。

そして、どの願いをいつ処理するかは、奥右筆の胸三寸なのだ。

となれば、願いを出した者たちは、奥右筆の機嫌を取らざるをえない。つまり、金品を贈るのだ。長崎奉行のように一度やれば、三代喰《く》えるというほどではないが、奥右筆をやれば、まちがいなく裕福になれる。当然、奥右筆への転身を望む者は多かった。

そのなかで、次期奥右筆組頭の最有力だったのが、表右筆組頭であった。

「危ないものの匂《にお》いさえわからぬ。まだまだ、奥右筆になるには不十分。お役御免《ごめん》ですめばよろしいが」

「まさに」

二人の組頭がうなずいた。

「組頭さま、この書付についてお教えを」

配下の奥右筆が近づいてきた。

「どれ……これか。これならば、書庫の五年前八月のところに、同じものがあったはずじゃ。それを参考にいたせばよい」

併右衛門が書付を見て、答えた。

「かたじけのうございまする」

奥右筆が一礼して、書庫へ向かおうとした。

「暇《ひま》を見つけて、書庫を見ておけ。どこに何があるかを把握するのも奥右筆の任である」

その背中へ併右衛門は声をかけた。

「はっ」

振り向いた奥右筆が、少しだけ眉《まゆ》をひそめた。

「暇などどこにあるかと思うであろう」

併右衛門が述べた。

「それを作り、そして使って見せてこそ、一人前の奥右筆である」

不意に加藤仁左衛門が口を出した。

「ふっ」

配下への説教を邪魔されたにもかかわらず、併右衛門は微笑《ほほえ》んだ。

「我らが奥右筆になったころ、毎日のように言われたことよ。先達《せんだつ》たちからな。それを実践《じっせん》したからこそ、儂《わし》と加藤どのは、他職へ移ることなく組頭へとなった。やらなかった者たちは、勘定方《かんじょうかた》や小納戸《こなんど》へと転じていた。長く奥右筆でいたいのならば、人一倍努力をいたせ。あの者を失っては困ると思わせるほどにな」

併右衛門が語った。

幕府の花形といわれる勘定方、将軍家の身の回りのことをする小納戸、ともに栄達《えいたつ》の道に近い。だが、余得だけで考えれば、奥右筆の足下にもおよばなかった。

「はっ」

気合いの入った返答を、奥右筆がした。

大奥は混乱の極みにあった。

十一代将軍家斉の正室茂姫《しげひめ》の希望でおこなわれた徳川家先祖供養の場が、阿鼻叫喚《あびきようかん》の地獄になったのだ。

「死した者は何人じゃ」

「別式女《べつしきめ》が一人腹を蹴破られて……」

「ええい。正室さまをお守りするべく、別式女はおるはずじゃ。それが伊賀者の手を借りねばならぬとは、なにをしておった」

「偽《にせ》坊主であったと言うではないか。あのような者どもを通したお広敷の責任じゃ。お広敷用人の罷免を表へ求めよ」

「それより伊賀者の首を切れ」

上臈《じようろう》たちは、責任を押し付ける相手を探していた。

「ご正室さまは……」

「居室でお休みになられておられまする」

ようやく一人が、もっとも案ずべきことに気づいた。

大奥の主《あるじ》は将軍ではない。正室である。大奥の女中たちはすべて、正室のためにいた。

「お医師を呼んだか」

「ただちに」

命じられた女中が走っていった。

大奥を差配するお広敷に、奥医師は詰めていた。奥医師は将軍並びにその一族だけを診《み》る、いわば天下の名医である。当然、男子禁制の大奥へも自在に出入りできた。

「お大事はございませぬが、少し放心の気が見えまする。お薬を煎《せん》じ、日に三度、お食事の前にお召しになられますよう。また、心の臓への負担が懸念されますゆえ、湯《ゆ》浴《あ》みはお控えくださいませ。あと、閨《ねや》ごともしばらくはご遠慮くださいますよう」

茂姫を診た奥医師が述べた。

「そういたす」

小さな声で茂姫がうなずいた。

「できるだけ、お眠りになられませ」

茂姫付きの年寄《としより》が勧めた。

「初島《はつしま》、上様はご無事であったのか」

本日何度目かの確認を茂姫が求めた。

「ご安心を。上様はお傷一つなく、中奥へお戻りになられましてございまする」

ゆっくりとうなずきながら、同じ答えを初島と呼ばれた年寄が告げた。

「まことじゃな。初島」

「はい。上様に万一あらば、こうして御台《みだい》さまにお休みいただくことはできませぬ」

「重畳《ちょうじょう》である」

安堵《あんど》した茂姫が身体《からだ》から力を抜いた。

家斉と茂姫は幼なじみであった。まだ家斉が十一代将軍と決まる前、一橋《ひとつばし》家の嫡男《ちゃくなん》であったころに、二人は婚約をした。薩摩《さつま》藩主島津《しまづ》の分家筋の娘であった茂姫は、家斉の許嫁《いいなずけ》になると、実家を出て、神田館《かんだやかた》へ移った。家斉が十代将軍家治《いえはる》の養子となるのにともなって、西の丸大奥へ入り、そして御台所となった。まさに子供のころから一緒に育ってきたのだ。家と家を結びつけるのが目的の大名の夫婦としては珍しく、家斉と茂姫の仲は良かった。

「さあ、もうお休みなさいませ」

茂姫が家斉の許嫁となったとき、薩摩藩から身の回りの世話をとつけられた初島が勧めた。

「ご様子をうかがいたい。上様に手紙を」

起きあがろうとする茂姫を、初島が抑えた。

「それよりもまず姫さまが、お身体の調子をお整えになられませぬと。上様とお会いになれるのが遅れまする」

「それは嫌じゃ」

茂姫が泣きそうな顔をした。

まだ右も左もわからぬ子供だった茂姫が、薩摩から江戸への引っ越しという、環境の激変に戸惑っていたとき、それを慰めてくれたのは家斉であった。茂姫にとって、家斉こそすべてといってよかった。

「少しでも早くお治しになるには、お休みなさるのがもっとも良い薬でございまする」

「わかった。寝る」

茂姫はおとなしく夜具に横たわった。

しばらくついていた初島は、茂姫の寝付くのを確認して、居室の外へ出た。

「桜庵《おうあん》」

「これに」

初島の呼び出しに、女坊主が姿を見せた。

「しくじるとは、情けないことである」

「……………」

桜庵が黙って頭《こうべ》を垂れた。

「坊主どもはどうなった」

「一人を残してすべてあの場で討ち取られたそうでございまする」

「……残った一人は大事ないのであろうな。まさか、薩摩の名前が出るようなことは
……」

「首を討たれるために、不浄門《ふじようもん》へ連れて行かれましてございまする」

「見たのか」

険しい表情で初島が問うた。

「はい」

しっかりと桜庵が首肯《しゆこう》した。

「寛永寺からなにか申してきておるか」

「なにも」

「当分近づくでないぞ」

初島が念を押した。

「承知いたしておりまする」

桜庵が答えた。

二

覚蟬《かくぜん》らの失敗は、寛永寺にも報《しら》された。もっとも報告ということではなく、幕府からの詰問《きつもん》という形でもたらされた。

「大奥に本日寛永寺の僧侶と名乗る者どもが侵入いたした。ただちに捕縛《ほばく》いたしたが、この者たちに覚えはござらぬか」

寛永寺は、将軍家の祈願所であり、宮門跡《みやもんぜき》寺院でもある。本来は、寺社奉行の管轄であるが、ことがことであるため、目付《めつけ》が派遣された。

「将軍家のご法要ならば、三日の日延べを承《うけたまわ》りましたが……」

目付の質問に答えたのは、寛永寺の門跡公澄法親王《こうちょうほっしんのう》ではなく、執権に扮《ふん》した深園《しんえん》であった。

「どのような輩《やから》が、どのような経緯《いきさつ》で申して参りましたか」

鋭く目付が訊《き》いた。

「はて、受けたのはわたくしではございませぬので。詳しくはわかりませぬ」

深園が首を振った。

「そのようなことで、よろしいのか。将軍家のご法要でござる。変更があれば、若年寄か、少なくとも大奥を管轄する留守居《るすい》からお伝えするはず。その役目の者の名前も、貴僧はご存じないと」

「お恥ずかしいが、少し他行していたため、詳細をつかめておりませぬ」

「それで執権と……」

「なにか。将軍家菩提寺を預る門跡宮さまにご不満でも。寛永寺のこといっさいは、公澄法親王さまがなさっておられることはご存じのはず」

厳しい声で深園が言った。深園は、訴追の相手をわざとずらした。

「ううむ」

目付が唸《うな》った。目付の権は幕府のなかだけで通用する。門跡宮相手では、会うことさえできなかった。なにより、門跡宮は将軍と対等に近い。あの目付の態度はなどと苦情を言い立てられれば、吾《わ》が身が危なくなった。

「ところで、なにかいたしましたのか、その者どもは」

「大奥へ入りこみはいたしたようだが、別段なにというほどのこともなかったと聞いておりまする」

話を変えた深園に、目付がほっとした顔をした。

「捕まったのでございますか」

「抵抗いたしたので、斬ったとのことでござる」

「一人残さず」

「いかにも。慮外者《りよがいもの》を逃がしはいたしませぬ」

胸を張った目付が、詰問を再開した。

「その者たちは、寛永寺ゆかりのものと名乗りましたぞ」

「畏《おそ》れ多いことをする。将軍家菩提寺の名前を騙《かた》るなど。なんという名前でございましたか」

逆に深園が訊いた。

「覚蟬と申しておった」

「……覚蟬。数年前に破門となった者でござる」

深園が告げた。

破門あるいは義絶は、いっさいの縁を切ることである。なにかのときに頼ることもできなくなるが、連座などの被害も受けずにすんだ。

「その者にあと七名、名前のわかっておるのは天壇《てんだん》、海青《かいせい》だけでございますが。この者たちについてはいかが」

さらに目付が迫った。

「天壇もたしか二年ほど前に放逐《ほうちく》された者であったはず。海青については、わたくしではわかりかねまする。調べなければなりませぬ」

「残りについては」

「名前も顔もわからぬのでは、とても」

どうしようもないと深園が首を振った。

「こちらでは、そう何人も破門僧が出るのでござるかの」

寛永寺の格をおもんぱかって目付の口調はていねいであった。

「なにせ、学僧まで入れまするとと数千におよびますゆえ、不心得者が出るのを防ぐのは難しゅうござる」

深園が述べた。

「破門したとはいえ、そのような慮外者が将軍家の祈願所にいたというのはよろしくございませぬな」

「将軍家の家臣である旗本の方々に問題がなければ、お目付という役目は要《い》りませぬでしょう」

目付の言葉に、深園が皮肉で返した。

「…………」

すっと目付の顔つきが変わった。

「いや、これは失礼を」

深園がすんなり頭を下げた。

「ここ五年以内に破門となった僧侶の記録をお出し願いたい」

「いますぐにとは参りませぬ。僧侶は寛永寺で管轄しておる者だけでなく、宿坊に属した者もおりまする。末寺にいたるまでとなりますると、膨大な数。しばし日数をいただかねばなりませぬ」

目付の要求に、深園が条件をつけた。

「五日でよろしいか。でなくば、我らが徒目付《かち》を連れて、各坊へ調べに入らせていただきまする。もちろん、寺社奉行も同行いたしまする」

寺社奉行は、寺院への監督の他に処罰の権限もある。

「承知いたしました。なんとかいたしまする」

深園が引き受けた。

「では、違いなきように願いまする」

念を押して目付が帰って行った。

「門跡さま、帰りましてございまするぞ」

応対の間に残った深園が、襖《ふすま》の向こうへ声をかけた。

「…………」

襖が引き開けられ、奥から公澄法親王が現れた。

「やはりお山衆《やましゅう》などは遣いものになりませなんだな」

深園があきれた。

「くっ。そなたは死した者への礼儀を知らぬのか」

公澄法親王が睨《にら》みつけた。

「役立たずどもに与える情けなどはございませぬ」

はっきりと深園が告げた。

「あれだけお膳立てをしてやったにもかかわらず、家斉へ傷一つつけられなかったとは、情けないにもほどがございましょう」

「これ以上言うな」

「いいえ。何度でも言わせていただきまする」

苦い顔をした公澄法親王へ、深園は首を振った。

「門跡さまが、お甘いゆえ、このような状況となりましたのでございまする。覚蟬ごときにすべてを託《たく》されるなど、論外でござる。比叡山《ひえいざん》一の学僧と讃《たた》えられ、己《おのれ》にできぬことなどないと思いあがってしまった。あのような者を重用された門跡さまのせいでございまする」

「なにを言うか。覚蟬以上の見識を持つ者などおらぬ。それに覚蟬は、何不自由ない僧正《そうじょう》の地位を捨てて、破戒僧の汚名を着てまで尽くしてくれたのだ。覚蟬を非難することは、余が許さぬ」

公澄法親王が憤《ふん》怒《ぬ》した。

「比叡山一の学識……それがいかぬのでございまする。なまじ頭がよいがために、すべて吾が手のうちにあると思いこんでしまう。なんでもおのれの考えどおりだと思いあがる。しかし、現実は違いまする。思わぬことが起こる。それへ応じて動かなければならない。だが、覚蟬にはできなかった。叡山一の学僧と讃えられ、表にばかりいたからでございまする」

深園と覚蟬はともに比叡山で修行を積んだ仲であった。ただ、進路は違った。かたや、比叡山一の学識との看板を背負い寛永寺門跡の補佐に選ばれ、もう一人は目立たぬまま京の東寺《とうじ》で下積みを重ねた。

「覚蟬は、破戒僧を装って、長屋暮らしまでしたぞ」

「さらに悪い」

吐《は》き捨てるように深園が言った。

「そのような見え透いたまねをして、己に酔うなど論外」

「なにを申すか」

さすがに公澄法親王も辛抱できなかった。思わず、公澄法親王が声を荒らげた。

「おわかりになりませぬか。破戒僧となって市井《しせい》に住む。これになんの意味がございましょう」

深園が訊いた。

「人々の暮らしに直接触れる。衆生済度《しゅじょうさいど》の基本であろう」

「衆生済度」

鼻先で深園が笑った。

「御仏というものは、死後の安寧《あんねい》を保証されるもので、現世での利益をおこなうものではございますまい。御仏が現世で衆生済度をなさるならば、この世に餓死《がし》する者、殺される者、病《やまい》で死ぬ者はおらぬはず」

「……それとは意味が違う。出家の役は人を助けることであろう。それには庶民の生活を知らねばなるまい」

公澄法親王が反論した。

「なるほど。では、庶民の生活を学んだ覚蟬は済度をいたしたのでございますな」

「…………」

「覚蟬から得た知識をもって、寛永寺も……」

最後まで言わず、深園は公澄法親王を見た。

「なにもできますまい。人を救うというのは、むつかしいことでござる。金を撒《ま》けばいい、食いものを施せばすむものではありませぬ。金やものを与えるのはもっとも簡単でございますが、それこそ悪手。人は弱い。一度の施しが、いつでももらえると思いこみ、己で努力することを止《や》めてしまう。働かなくても、寺に行けば喰える。金がもらえる。そうなってしまえば、人は終わりでございまする。真の意味で人を救うというのは、心を助けること。修行中の我らにできるほど易《やさし》くはございませぬ」

深園が語った。

「論点がずれましたな。拙僧《せっそう》が申したいのは、覚蟬が役立たずということでございました。薩摩から教えてもらいましたが、覚蟬は他のお山衆が、命をかけて将軍を襲おうと戦っている最中もずっと端座していたままであったそうで。これを役立たずといわずして、どういたしまするか」

「覚蟬は、武芸を学んでおらぬゆえ、当然であろう。あやつは皆を指揮するのが任」

「………」

大きく深園が嘆息した。

「失礼ながら今、すべての元凶が門跡さまだとわかりましてございまする」

「そうだ。余に力がないゆえ、覚蟬を始めとする多くの者を死なせた」

公澄法親王が肩を落とした。

「いいえ。そういう意味ではございませぬ。門跡さまは、戦いというものがおわかりでなさすぎまする」

深園が告げた。

「よろしゅうございますか。覚蟬は指揮をしていればいいと仰《おお》せられましたが、すでに大奥にはいりこみ、将軍の首を狙った攻防が始まった。守る者と攻める者。これが軍勢の戦いというならば、状況を見て、兵を動かすことも要りましょう。しかし、十名ていどの争い。いわば、個と個のもの。それをどうやって指揮するのでございまするか。で、一人一人のお山衆を見て、よし右で殴れ、そちらは蹴りだと指示を出すとでも」

「………」

馬鹿にした深園へ、公澄法親王は黙った。

「そのようなことを言う暇があれば、逃げ出そうとする家斉の足にすがりつくなり、お山衆を抑えている伊賀者に噛《か》みつくなり、いくらでもすることはございましょう。なにせ覚蝉らは、ことを成し遂げても生還できぬのでございますからな」

深園が言い放った。

そのとおりであった。江戸城内で将軍を襲った。どのような結果を生もうが、生きて江戸城を出ることなどできない。幕府も総力を挙げて、殺しにかかる。

「門跡さま。あなたが頭領では戦えませぬ」

背筋を深園が伸ばし、懐《ふところ》から一枚の紙を出した。

「なんじゃ」

公澄法親王が受け取った。

「なっ……これは」

目を落とした公澄法親王が驚愕《きょうがく》した。

「ご宸筆《しんぴつ》でございまする」

「主上……」

公澄法親王が、膝《ひざ》をついた。

「ただいまをもちまして、寛永寺の裏、すべてをわたくしがお預かりいたしまする」

深園が宣した。

「しかし……お山衆は、日光山輪王寺《にっこうざんりんのうじ》の住職である余にしかしたがわぬぞ」

「勅令に逆らうと」

冷たい声を深園が出した。

「……そ、そのようなことはない」

「ならば、しっかりと通達をいただきますよう」

「わ、わかった」

弱々しく公澄法親王がうなずいた。

「では。わたくしはこれにて」

深園が立ちあがった。

「覚蟬たちの菩提は、お任せいたしまする」

それは経を読む以外のことはするなという深園の命《めい》であった。

「…………」

公澄法親王は、うなだれたまま返答をしなかった。

立花家への婿養子《むこようし》入りの許可が出たとはいえ、柊《ひいらぎ》衛悟《えいご》と瑞紀《みずき》はまだ婚儀をすませていなかった。

仲人の選定が終わっていないのだ。

武家の婚姻や養子縁組などは、仲立ちする人があって成り立つのが本来の姿である。それが衛悟の場合は違っていた。衛悟と瑞紀、最初に当人同士が好き合い、それを両方の家長が認めたという経緯をとった。ゆえに仲人がいなかった。

誰かに頼めばすむという話なのだが、それが問題であった。

仲人になれば、奥右筆組頭に恩を売れる。老中へも意見具申《ぐしん》できる奥右筆組頭とつきあいができる。もちろん、仲人といったところで、婚儀の席だけのものでしかないが、それでも縁には違いない。

自薦他薦を問わず、仲人になりたいという者が、連日立花家を訪れていた。

「どういたしましょう」

瑞紀が嘆息した。

「まこと、困惑いたしまする」

衛悟も同意した。

二人の前には、仲人を希望してきた人たちが置いていった名札が置かれていた。

「儂は御用で忙しい」

併右衛門はさっさと逃げ出していた。

「おまえたちの婚儀である。任せた。ただし、立花家の将来を考えたうえで、慎重に選ぶよう。これも学びである」

しっかり併右衛門は条件をつけていた。

先日立花家の一門とは絶縁した。残るは柊家の親戚だけだが、本家でさえ三百石しかない小旗本の一族である。とても仲人にというわけにはいかなかった。

「衛悟さまの剣術のお師匠さまは」

「……ずっとお一人身じゃ」

仲人をするには、一度は妻帯しているのが慣例であった。

「永井《ながい》玄蕃頭《げんばのかみ》さまが、江戸にお出でであれば」

衛悟が無いものねだりをした。もと側役《そばやく》で、現在大坂城代添番《そえばん》の永井玄蕃頭とは縁があり、衛悟に目をかけてくれていた。若年寄《わかどしより》目前の譜代《ふだい》名門大名が、仲人を引き受けてくれたなら、どこからも文句が出ることもない。もちろん、併右衛門も諸手《もろて》を挙げて賛成するだろう。

将来の若年寄と繋《つな》がることは、旗本にとって大きな利であった。といっても江戸と大坂に離れていては無理であった。

「どなたさまにお願いしても、恨《うら》まれそうな」

名札を並べながら、瑞紀が首を振った。

「まだ少しときはござる。それまで考えましょうぞ」

先送りすることにして、衛悟は立ちあがった。

「道場へ行って参りまする」

「はい」

瑞紀がついてきた。

まともな武家では、女が男の世話をすることはなかった。家士あるいは、小者などが着替《きが》えなどの手伝いをした。

将軍家斉が鷹狩りの最中に襲われたおり、助けに入ったことで二百石の加増を受けた立花家は、新たに士分一人、中間《ちゅうげん》一人、女中一人を雇い入れていた。今までいた家臣を合わせれば十分に手はあるのだが、瑞紀は衛悟にかかわることをすべて己の手でやっていた。

「はい」

袴《はかま》の腰板の位置を調整して、瑞紀がうなずいた。

「かたじけない」

一礼した衛悟の紙入れを瑞紀が確認した。

「お遣いになっておられない」

なかから一分《いちぶ》金《きん》を出した瑞紀が、衛悟を見た。

「欲しいものもございませぬし」

衛悟が答えた。

「ご遠慮なくお遣いくださいませ。不足がありますればいつなりとお申し付けくだされば」

「いや、不足することなどございませぬ」

笑いながら衛悟が述べた。

柊家の厄介者《やっかいもの》でしかなかった衛悟にとって、一分は大金過ぎた。

銭は相場で変動する。一両はおおむね銭四千文から六千文になった。一分は一両の四分の一である。銭に換算すると一千文から一千五百文になる。

団子が一串に一個多いというだけで、両国橋《りょうごくばし》を渡った衛悟である。実家にいたころは、懐に二十文あればいいほうであった。一分ともなると、とてもおそろしくて、おいそれと違うことなどできなかった。

「無理に違えとは申しませぬが、衛悟さまは立花家の跡継ぎでございまする。恥だけはおかきになられませぬよう」

「承知いたしております」

「それはお止めいただきますよう。あなたさまは、わたくしの夫となられるお方でございまする」

「努力いたしましょう」

言葉使いをあらためるようにと瑞紀に諭《さと》された衛悟は、そう答えるしかなかった。しみついた癖《くせ》みたいなものだ。簡単に矯正《きょうせい》できるはずはなかった。

「では、お早いお戻りを」

「いって参る」

口調を変えて、衛悟は屋敷を出た。

三

涼天覚清流《りょうてんかくしんりゅう》大久保《おおくぼ》道場で師範代を務める衛悟は、毎日道場へ顔を出していた。

「おはようございまする」

すでに早稽古《はやげいこ》の者が道場で竹刀《しない》を振っていた。

「精が出るな。稽古こそ、上達の要。しごくけっこうなことだ」

衛悟は弟弟子を褒《ほ》めた。

「稽古お願いします」

「よかろう。準備をするゆえ、待て」

すばやく衛悟は防具を身につけた。

涼天覚清流は、上段からの一撃を極意とする。まっすぐにあげた太刀に全身の力をこめて振り落とし、鎧兜《よろいかぶと》ごと相手を一刀両断に仕留める。そのためには、踏みこみと間合いの読みができなければならない。涼天覚清流では、木刀による素振りや型の練習も重視しているが、同様に防具を着けての竹刀稽古も奨励していた。

防具と竹刀を軟弱として忌避《きひ》する流派がほとんどであった。しかし、竹刀稽古には大きな利点があった。

まず、防具と竹刀を使えば、あたったところでさしたる怪我《けが》もしない。木刀で同じことをやれば、骨を折るどころか、あたりどころによっては、命にかかわる。どうしても木刀の稽古では腰が引けてしまうし、腕が縮む。対して竹刀ならば、思い切って踏みこめるおかげで、間合いも摑《つか》みやすい。

ただ、竹刀だけでは切っ先が軽くなるという欠点もあった。あてることを目標としているため、竹刀が相手に触れた瞬間に力を抜く癖がつきかねない。ために、涼天覚清流では、まず、木刀の素振りをしてからでないと、竹刀の稽古をさせないとの方針をとっていた。

「来い」

衛悟が竹刀を構えた。

「お願いいたしまする」

一礼した弟弟子が、一気に近づいてきた。

「甘い」

少し身体を左に動かして竹刀に空を切らせて、衛悟はその上から叩《たた》いた。

「あつっ」

峰をしたたかに打たれ、弟弟子が竹刀を落とした。

「相手の機先を制するのはいい。だが、かわされたときのことまで考えておかねばならぬ。無闇に突っこむだけではだめだ」

「はい。もう一度お願いします」

弟弟子が、竹刀を拾った。

「よかろう。来い」

衛悟も竹刀を持ち直した。

まだ修行を始めて数年目の弟弟子は隙《すき》だらけであった。一歩踏み出しただけで、どこでも撃てる。だが、稽古である。衛悟は、じっと相手を待った。

「やああ」

上段にした竹刀を振り下ろしながら、弟弟子が踏みこんだ。

「おうよ」

今度は避けず、衛悟は竹刀で受けた。

「おりゃおりゃあ」

弟弟子が、上から竹刀で押さえこもうと体重をかけてきた。

「なかなか力はあるの。だが、足下が留守ぞ」

竹刀を支えながら、半歩踏み出した衛悟は、軽く足払いをかけた。

「あっ」

軸足を払われて、弟弟子が体勢を崩した。

「おう」

その瞬間、力をなくした弟弟子の竹刀を、衛悟は巻き取った。甲高《かんだか》い音を立てて、弟弟子の竹刀が道場へ転がった。

「参りました」

弟弟子が一礼した。

「次、お願いします」

「よし」

他の弟弟子が、稽古を頼んできた。

数名の弟弟子と竹刀を合わせた後、衛悟は道場の上座へと席を移した。道場主である大久保典膳《てんぜん》がいるときは、その半間（約九十センチメートル）ほど手前に陣取るが、いないときは、師範代として道場全体を見なければならない。

「もう少し、散らばれ」

上座から衛悟は命じた。

師範代の仕事は、稽古をつけるだけではなかった。道場での怪我や事故などがおこらないように見張るのも任であった。

「そこ、柄の握りが弱い。しっかりと左で摑め。右手に頼るな」

全体へ目を配りながらも、衛悟は個別に声をかけた。

「やっているな」

そこへ大久保典膳が顔を出した。

「師範」

衛悟はすばやく上座を譲った。

「師範代が身についてきたの」

大久保典膳が微笑んだ。

「いえ。わたくしなどまだまだ」

「聖《ちから》が帰ってきたときが楽しみじゃ」

謙遜《けんそん》する衛悟へ、大久保典膳が言った。

聖とは、同門の友人、上田《うえだ》聖のことである。福岡黒田《くろだ》藩で小荷駄《こにだ》支配《しはい》役をしている聖は、現在参勤交代の藩主行列について国元へ帰っている。涼天覚清流の腕前では、聖に一日《いちじつ》の長《ちょう》があり、数年前から大久保道場で師範代を務めていた。衛悟は、聖が次の参勤交代で江戸へ帰ってくるまでのあいだ、仮の師範代を命じられているだけであった。

「弟子の成長を見る。これは師としてなによりの喜びである」

大久保典膳が、道場を見た。

「聖と衛悟。儂の弟子でまさに双璧《そうへき》。ただ、不運なのは、二人とも身分と家があり、儂の跡を譲れぬことだ」

「……師」

少し前まで、衛悟は養子先を探している貧乏旗本の次男であった。そのままいれば、大久保道場の跡継ぎになっていたかも知れなかった。

しかし、それももうなくなった。

「気にするな。このような貧乏道場、譲られたほうが迷惑であろう」

豪快に大久保典膳が笑った。

「道場とは、人を育てる場所である。その使命を果たしたならば、道場は潰《つぶ》れてもよい。流派の血は受け継がれたのだからな」

「畏れ入りまする」

衛悟は頭をさげた。

「……衛悟」

表情を引きしめた大久保典膳が、呼んだ。

「聖が帰ってきたならば……試合をいたせ。その結果を見て、秘伝書を渡す者を決める」

「秘伝書……」

言われた衛悟が絶句した。秘伝書はその流派の極意を記したものだ。涼天覚清流の秘伝書には、極意の太刀が記載されている。一代一人の秘太刀は剣を学ぶ者の夢であった。

「よし、本日はこれまでとする」

呆然《ぼうぜん》としている衛悟をおいて、大久保典膳が朝の稽古を終わらせた。

甲賀《こうが》から冥府《めいふ》防人《さきもり》は、三日で江戸へ帰り着いた。

「お館《やかた》さま」

「鬼か」

一橋治済《はるさだ》が、天井を見あげた。

「吾が手にふさわしい者はおったか」

「あいにく死にましてございまする」

冥府防人が述べた。

「殺したか」

「はい」

隠さず冥府防人が、治済の問いに答えた。かつて若かった己に術を教えてくれた韻《いん》斎《さい》を誘うために、甲賀の郷へ向かった冥府防人は、師と戦い倒していた。

「もう少し早ければと申しておりました」

冥府防人が子細を語った。

「惜しいの」

めずらしく治済が残念がった。

「お館さま、わたくしが留守をいたしておりました間に、なにかございましたか」

瞳を細めて、冥府防人が問うた。

「さすがじゃの」

治済が小さく笑った。

「少し、天井裏の埃《ほこり》に乱れがございまする」

「話すのは面倒じゃ。このとおり、余は生きておるのでな。委細を知りたくば、絹《きぬ》に訊くがいい」

面倒だと治済が手を振った。

「はっ」

すばやく冥府防人は、治済のもとから奥へと移動した。

「兄上さま」

すぐに絹が冥府防人の気配に気づいた。

「…………」

音もなく、冥府防人が天井裏から降りた。

「なにがあった。伊賀の女の匂《にお》いがなくなったことにかかわりはあるな」

「さすがは、兄上さま。じつは……」

感心した絹が、あったことを語った。

「伊賀がお館さまのお命を狙ったと」

冥府防人の顔色が変わった。

「はい。最初は伊賀の女が閨でお館さまを害そうといたしました。そのあと、三人の伊賀者が、館へ侵入して参りました」

「そのすべてを倒したか。よくやったぞ、絹」

兄が妹をねぎらった。

「いえ。お館さまをお守りするのは、わたくしの役目でございまする」

絹が照れて、頰《ほお》を染めた。普段《ふだん》大人びて、笑うこともない絹だったが、そうすれば歳《とし》相応の娘に見えた。

「なれど、伊賀は許せぬな」

「はい」

兄妹は顔を見合わせた。

「伊賀は白河《しらかわ》とお館さまの両天秤《りょうてんびん》をかけていたはず」

「そのようにお館さまからうかがいましてございまする」

絹が同意した。

「では、まず白河へ出入りしている連中から、片をつけよう」

「わたくしも」

「いいや。おまえはお館さまの守りを」

冥府防人が拒《こば》んだ。

「いいえ。これだけは辛抱《しんぼう》できませぬ。お館さまのお情けを受けておきながら、そのお命を狙うなど、女として許せることではございませぬ」

頑《がん》として絹が首を振った。

「ふむ」

妹が治済の寵愛《ちょうあい》を受けていることも、慕っていることも冥府防人は知っている。

「ならば、白河にいる女伊賀者の始末は任せる。念を押すまでもないと思うが、殺す前に、いろいろなことを聞き出せ」

「ご案じなく」

うれしそうに絹が首肯した。

数日後、絹以外の側室が御用を命じられた夜、神田館を抜け出した絹は、八丁堀《はっちょうぼり》の白河松平《まつだいら》家上屋敷へと忍んだ。

柿渋《かきしぶ》染めの忍《しのび》装束《しょうぞく》は、黒よりも闇に溶ける。絹は、障害もなく、白河藩松平家の奥へと侵入した。

「どこに……」

すでに老境に入った松平越中守《えっちゅうのかみ》定信《さだのぶ》に側室は少ない。正室はかなり前に亡くなっている。伊賀の女に松平定信の手がついたならば、普通の女中とは違った待遇を受ける。居場所はすぐに知れるはずであった。

「おらぬ」

局《つぼね》を与えられている女中すべてを見た絹が首をかしげた。絹は気配を殺すのを止めた。

「……反応もない」

いかに閨《ねや》ごとを任とする伊賀の女でも、あからさまに気配を隠していない絹に気づかぬはずはなかった。

「どういうことだ」

伊賀の女は、絹と同様、側室であると同時に、松平定信の警固も兼ねる。

「中屋敷、あるいは下屋敷か」

絹は思案した。

「いや、松平定信がほとんど上屋敷から動かないのだ。それでは、警固にならぬ」

一人、絹は決断した。

「わからぬならば、知っている者に訊けばいい」

絹は、天井裏を音もなく駆け、松平定信の居室へ至った。

「三人か」

居室の周囲で寝ずの番をしている藩士たちを確認した絹は、音もなく天井板をはずすと、懐から取り出した吹き矢を撃った。

「うん」

「虫か」

吹き矢の先は細い。刺さってもあまり痛みは生まない。しかし、たっぷりと薬を付けてある。すぐに藩士たちは意識を失った。

「運が良ければ、目が醒《さ》めましょう」

冷たく言った絹は、そっと襖を開けた。

「……誰だ」

寝ていたはずの松平定信が、誰何《すいか》した。

「目敏いお方」

驚きながらも、絹は松平定信との間合いを一瞬で詰めた。

「く……」

声をあげようとした松平定信の首を、絹は布で締めあげた。幅のある布は、広い範囲《もん》で気道を締める。声を出すことはおろか、息をすることもできず、松平定信が、苦《く》悶した。

「このまま死にますか。それでもわたくしはかまいませんが。もう少し生きていたいのならば、右手をあげなさい。ただし、訊いたこと以外の言葉を発すれば、その瞬間に、首の骨を折ります」

「………」

感情のない声で告げた絹に、大きく松平定信が右手をあげた。

「伊賀の女はどうしました」

ほんの少し、絹が布を緩めた。

「はあ、はあ、はあ」

荒く松平定信が息を吐いた。

「息継ぎをする振りをしてときを稼ごうとしても無駄でございますよ。外の三人には寝てもらいました。薬を使いましたので、急いで毒消しを飲ませたほうがよろしいかと。まあ、主君を守って死ぬのが家臣の務め。この泰平の世には名誉なことかも知れませんが」

「……ひくっ」

淡々と言う絹に、松平定信が怯《おび》えた。

「伊賀の女はどこへ」

ふたたび絹が問うた。

「さ、去った」

震えながら松平定信が答えた。

「それはどういうことで」

「…………」

松平定信の顔がゆがんだ。

「毒が回りまする」

「み、見捨てられたのだ。余は伊賀に」

「なぜ」

「伊賀者の立場をなくす手を打った」

首へ巻き付けられた布に急《せ》きたてられるかのように、松平定信が頼まれて大奥での将軍襲撃の手引きをしたことを語った。

「ほう」

絹の目が光った。

「誰に頼まれた」

「それは言えぬ」

松平定信が首を振った。

「死ぬか」

少し絹が布を締めた。

「ぐふっ……い、言えぬ。言えば、太郎丸《たろうまる》が殺される」

太郎丸とは、松平定信の嫡男であった。

「子のためなら死ねるか。ふふふ。越中守も人の親だの」

低く絹が笑った。

「伊賀の女の特徴を言え」

尋問に絹が戻った。

「名は蕗《ふき》。名字は知らぬ。伊賀組頭藤林喜右衛門《ふじばやしきえもん》が連れてきた」

松平定信が述べた。

「名など符号でしかない。そのようなもの何の役にも立たぬ。顔、身体、声、匂いなどを思い出せ」

絹が厳しく言った。

「顔は、やや丸く、眼が細い。鼻筋はとおり、小さい。唇はやや厚い。肌の色は浅黒く、乳は大きいが、腰は細い。尻は丸くよく張っておった」

「他には」

「それくらいじゃ」

「陰部はどうであった」

もうないという松平定信へ、絹が突っこんだ。

「……毛は薄く、小ぶりであった。陰阜《いんぷ》は肉付きがよかった」

思い出しながら、松平定信が喋《しゃべ》った。

「よく覚えていることよ」

嘲笑《ちょうしょう》を絹が浮かべた。

「さて、訊きたいことは訊いた」

「ま、待て」

「安心せい。殺しはせぬぞ」

あわてた松平定信へ、絹が告げた。

「もう儂の命などどうでもよいわ。そなたが誰の手の者かも訊かぬ」

松平定信が否定した。

「ではなにを」

絹は首をかしげた。

「余は見誤っておった。いや、僻《ひが》んでおったのだろう。本来ならば、あの座にいたのは、余であったはずとの思いが抜けず、上様の真実を見抜けなかった。上様はまこと名君であらせられる」

「それがどうかいたしましたか。わたくしには関係のないお話でございまする」

あっさりと絹は流した。

「幕府はこれからも続かなければならぬ。幕府が倒れるときは、鎌倉、室町の故事を見てもわかるように乱世の始まり。争いが始まれば、苦しむのは庶民である。もちろん、武士たちも戦って傷を負い、死ぬ。それは避けねばならぬ。それが天下を統《す》べる者の義務なのだ」

「弱い者が死ぬ。それは摂理《せつり》でございましょう」

「そうじゃ。世の理《ことわり》である。だが、それでは獣《けだもの》となにも変わらぬではないか」

「人も獣でございまする。他のものを殺して喰《く》らい、まぐわって子をなす。どこが違いましょう」

熱弁を振るう松平定信へ、絹が冷たい応えを返した。

「獣じゃ。ゆえに群れる。そしてその群れは統率されねばならぬ。でなくば、共食いが始まる。共食いは、滅び以外のなにものでもない。将軍は統率者として、天下を治めなければならぬ。余は、上様にその器量がないと思い、なりかわろうとした。だが、まちがいであった。のう、女忍よ。そなたの主へ伝えてくれ」

いつのまにか松平定信の身体から震えは消えていた。

「伝えるとは約せませぬ」

「上様こそ、幕府百年の礎《いしずえ》である。あのお方こそ将軍になるべくしてお生まれになったお方である。余は、そなたの主は、傍系なのだ。幹を傷つければ、枝は枯れる。そのことをよくお考えになるようにとな」

「そなたの浅い器で、吾が主をはかるな」

絹が怒った。

「もう一つ。余は、今後白河の内政にしか興味を持たぬ。それもお伝え願おう」

「ご勝手に」

そう言い残して絹が消えた。

「行ったか」

まだ首へ巻きついている布を、松平定信が慎重にはずした。

「一橋のもとにいるという女忍か、すさまじいものよ」

絹の正体に松平定信は気づいていた。伊賀の女の行方《ゆくえ》を気にするとなれば、一橋治済以外にありえなかった。なにせ、松平定信が伊賀に治済殺害を命じたのだ。

「石塚《いしづか》、田端《たばた》、保木《やすき》」

居室の襖を開けて、倒れている三人の家臣を見た松平定信は名を呼んだ。

「誰か、誰か。医師を」

松平定信が叫んだ。

四

絹は八丁堀を出た後、四谷《よつや》の伊賀者組屋敷ではなく、神田館へと戻った。

「どうした」

伊賀者を始末してきたには早い妹へ、冥府防人が訊いた。

「このような話が」

絹が松平定信の語った話を告げた。

「ふむう」

冥府防人が唸った。

「愚かとしか言いようがないな。伊賀者は、大奥の警固を任としている。大奥で将軍の身になにかあれば、伊賀は潰《つぶ》される。伊賀が将軍を害するというならば、まだ逃げる用意もできよう。だが、なにが起こるか察知できぬでは、後手に廻《まわ》るだけぞ」

「お館さまと松平越中守、二股《ふたまた》をかけていた伊賀が、お館さまを襲った。これは越中守へつくと決めた表れ。しかし、選んだ盟主が、伊賀をはめた。伊賀が、怒るのは当然でございまする。越中守は忍の主として、してはならぬことをした」

はっきりと絹が嫌悪の表情を浮かべた。

「人を見下すことしかできぬ輩のすることよ」

妹の言葉に冥府防人も同意した。

「いかがいたしましょう」

「お館さまのご指示を仰がねばならぬな」

冥府防人と絹が顔を見合わせた。

「松平家を見張っている気配はなかったか」

「わたくしには感じ取れませなんだ」

絹が否定した。

「ならば、そなたが、伊賀の女のことを松平越中守から聞き出したとは知られておるまい。今夜一日遅れたくらいで逃げられることはなかろう」

「…………」

不満そうに絹が黙った。

「我らはお館さまを江戸城の主とすべく、動いておるのだ。伊賀者のことなど些末《さまつ》でしかない」

「……申しわけありませぬ」

勝手に松平定信を尋問したことを叱《しか》られて、絹が頭を下げた。

「明日の朝、お館さまへご報告申しあげよう」

「はい」

絹が首肯した。

将軍の実父でもあり、御三卿《ごさんきょう》の当主でもある一橋治済だが、その日常は気ままであった。さすがに朝寝を続けるわけにはいかないが、領地をもたないため、政《まつりごと》などの用件がない。それこそ、目覚めてから寝るまで、なにもしなくていいのだ。

御三卿はどうやって、ときを潰すかに苦心する毎日であった。

「満足であったぞ」

判で押したように同じものが載る朝餉《あさげ》をすませ、箸《はし》を置こうとした治済が、小さく目を見張った。磨《みが》きあげられた漆《うるしぬ》塗りの膳《ぜん》に映っていた天井板が、少しずれていた。

「さて、今日は野点《のだて》をいたす」

不意に治済が言い出した。

「しばしお待ちを」

小姓《こしょう》たちがあわてて用意に走り回った。

一橋家の館は、神田橋《かんだばし》御門の内側にある。十万石の格式を与えられている将軍家お身内衆として、恥ずかしくないだけの規模があった。庭園も大きさこそ、前田《まえだ》家の育《いく》徳園《とくえん》などにおよばないものの、江戸城吹上《ふきあげ》お庭と同じ江戸城出入りの植木屋の手になるだけに、かなり見事なものであった。

小さいながらも築山《つきやま》、泉水を配した庭を、治済は好んでいた。

「ご用意が整いましてございまする」

小姓組頭が報告した。

一橋家の家臣は、旗本から選ばれる。それも御三家のように、お付きの家臣として、陪臣《ばいしん》となり代々を重ねていくものとは違い、異動で入れ替わっていく。これも御三卿が独立した大名ではない証拠であった。

八代将軍吉宗《よしむね》によって設立された御三卿は、将軍の控えであった。本家の血筋が絶えたとき、将軍を出すのが職務であり、継承順では御三家よりも格上とされた。

吉宗は、これ以降将軍継嗣《けいし》では御三卿に人がいないときだけ、御三家へ順番が回るように、家康《いえやす》以来の仕組みを変えたのであった。

御三家出身でその脅威を身に染みて知っていた吉宗は、己の系統だけで将軍を独占するため、御三家をただの一門大名へ落とした。

それはたしかに功を奏した。

嫡子《ちやくし》を早くに失った十代将軍家治の跡継ぎとして、一橋家の嫡男豊千代《とよちよ》が十一代将軍家斉となった。

だが、御三卿の設立は、弊害も生み出した。

まったく政にかかわらず、無為徒食するだけの家を三つも創ってしまった。しかも、御三卿として生まれた者は、皆将軍を目指すようにすりこまれている。

吉宗は己の血にこだわりすぎたため、将軍家にお家騒動の種を植え付けてしまった。

事実、一橋から十一代将軍を出させるため、田安《たやす》家は跡継ぎを白河へ養子に出さざるを得なくなった。その結果、将軍実父である一橋治済と白河藩主で老中筆頭松平定信の確執が生まれ、幕政を大きく揺るがした。そして、将軍は実父に与し、松平定信は罷免された。

譜代の藩士をもたない将軍家お身内衆が、老中筆頭を権力の座から引きずり降ろしたのだ。

一門は政にかかわらずという徳川家の決まりが、実質くずれさった。

これが、治済をより強気にさせた。

「吾の言葉は将軍と同一なり」

強弁した治済は、やがて将軍実父という虎の威でなく、本物の虎になろうと考えた。

「将軍の父とは、もっとも将軍に近い者である。将軍に万一あれば、吾がその座に着くことになんの不思議もない」

こうして治済は、実子との争いに身を投じた。

戦う親子の距離は近い。

治済の住む神田館の庭に出れば、いやでも家斉のいる江戸城本丸は目に入る。築山近くは、よく見える。

治済は、とくに、ここが気に入っていた。

「男相手の茶などうまくもないわ」

手前を始めようとした小姓へ、治済が言った。

「では、どなたを」

「絹をこれへ」

「ここは奥の者が出入りできる場所ではございませぬ」

小姓組頭が止めた。

大奥ほど厳密ではないが、御三卿の屋敷にも奥と表の区別はあった。

「この館の主は誰ぞ」

治済が不機嫌を露《あら》わにした。

「民部卿《みんぶきょう》にございまする」

「ならば、この館において吾が意に沿わぬことはないはずじゃ。おぬしの首をすげ替えることも含めての」

「……それは」

言われた小姓組頭が息を吞《の》んだ。

さすがに勘定方《かんじょうかた》や奥右筆ほどの力も余得もない御三卿付きという役職であるが、そのじつは他と違っていた。

将軍の一門の側《そば》に控え、その能力を見せつけられるのだ。御三卿付きを無事にこなせば、遠国《おんごく》奉行などへ転じ、出世の階段を駈《か》けのぼることもできる。

そのかわり、治済に睨まれれば終わりであった。なにせ、あの松平定信さえ幕閣から追い出したのだ。小姓組頭など、家ごと潰されても文句は言えなかった。

「絹をこれへ」

「た、ただちに」

小姓組頭みずからが、奥へ走っていった。

「どうぞ」

いつのまにか小姓の一人が茶を点《た》てていた。

「ふむ」

おもしろそうに頬《ほお》をゆがめて、治済が茶碗《ちゃわん》を受け取った。

「……ほう。薄茶か」

口に含んだ治済が少し驚いた。

「…………」

無言で小姓が頭を下げ続けていた。

人は怒ると喉《のど》が渇く。それを小姓は見こしていた。

「そなた新顔じゃな。名をなんと申したか」

「今月よりお側につかせていただいておりまする。小姓の五十嵐内記《いがらしないき》にございまする」

治済に問われた小姓が答えた。

「五十嵐か。覚えたぞ」

「畏れ入りまする」

五十嵐が平伏した。

「お待たせをいたしましてございまする」

絹がやって来た。

「おう、来たか。茶を点てよ」

「はい」

遠慮するだけ、治済は機嫌が悪くなる。一礼して五十嵐に茶会亭主の場所を譲ってもらった絹は、作法に則《のっと》り茶を点てた。

「邪魔をするな」

治済が、周囲の小姓たちを追い払った。

「どうぞ」

茶碗を音もなく、毛氈《もうせん》の上へ絹が置いた。

「いただこう」

作法からはずれてはいるが、治済の所作《しょさ》は堂々としていた。茶碗を回すなどの細かいことをせず、治済は背筋を伸ばして一気に茶碗を持ちあげるようにして飲み干した。

「濃いの。見ていたか」

「薄茶では喉の渇きは癒《いや》せましょうが、ご不満ではないかと」

絹が述べた。

「ちょうどよかった」

治済が褒めた。

「思いきった御仁《ごじん》のようでございまする」

一礼しながら、絹が言った。

「五十嵐のことか」

すぐに絹の言いたいことを治済は理解した。

「はい。お館さまに名前を覚えられるという光栄は、諸刃《もろは》の剣」

「言いたいことを言いおる」

治済が苦笑した。

「ものの役に立つならば、上様の敵となり、役に立たねば、塵芥《ごみ》のように捨てられる」

「当然のことであろう。余に与すると決めたならば、そうなる。それくらいは理解していよう」

「…………」

無言で絹は新しい茶を点て始めた。

「で、何用じゃ」

細やかな絹の指の動きを見ながら、治済が問うた。

「ご報告をいたさねばならぬことがございまする。昨夜……」

絹は、松平定信を脅《おど》したことも含めて、大奥での騒動を告げた。

「大奥で法要か。知らなかったの」

将軍の父とはいえ、身分は一橋家の当主である。将軍家の私《わたくし》である大奥でおこなわれる行事について、参加する権利はもちろん、報されることもない。

「しかし、そこまでお膳立てしてもらって失敗するとは……寛永寺も情けないの」

治済は、寛永寺が徳川家の打倒を願う朝廷の出先だと知っていた。

「伊賀者が対峙《たいじ》したようでございまする」

「そこがみょうよな。伊賀者は松平越中守に与したはずだ。余を襲ったのだからな。ならば、将軍の危機は見て見ぬふりをするはず。己こそ真の十一代将軍と思いこみ、家斉になりかわろうと考えている松平越中守じゃ、刺客とともに伊賀者へ将軍を殺せと命じているべきであるが」

「調べましょうや」

「ふむ。どうするかの。どちらにせよ、越中守は脱落したのだ。伊賀者も将軍のもとを選んだ。そして寛永寺も終わった。状況は吾に傾いた。だが、その裏になにがあったのか。知らずに動くのはまずいか。なれど、調べで刻を喰うと、この好機を逃すことになりかねぬ」

絹の提案に、治済が悩んだ。

「……………」

治済の思案の邪魔にならぬよう、絹は無言で待った。

「鬼よ」

「これに」

四阿《あずまや》の屋根から冥府防人が降りてきた。

「奥右筆組頭に問うて参れ」

「存じておりましょうや。身分軽き者でございますが」

冥府防人が確認した。

「幕府のなかで、あやつらに知らぬことなどない。ゆえに余は、奥右筆組頭を配下にと考えたのだ。いや、今でも欲しいぞ」

治済が述べた。

かつて品川《しながわ》に別宅を持っていたころ、治済は身分と名前を隠して、立花併右衛門を招き、与するように求めたことがあった。不偏不党を理由に断られてはいたが、治済の想いは変わっていなかった。

「武のそなた。そして文の奥右筆組頭。両輪がそろえば、余は無敵となる」

「畏れ入りまする」

主の言葉に、冥府防人が恐縮した。

「大奥でのことが、大事となっておらぬのは、家斉が制しておるのであろう」

「将軍家菩提寺が相手では、さすがに上様でも」

「違うな」

冥府防人の意見を治済が否定した。

「要《い》ると思えば、何一つ遠慮なくしてのける。それが家斉じゃ。先日の鷹狩りも、寛永寺の仕業と気づいておろう。それでいてなにもせぬのは、今回の一件の裏に、あやつを動けぬようにするだけのものが潜んでいるに違いない」

「浅慮を申しました」

説明を聞いた冥府防人が頭を下げた。

「それも含めて、奥右筆ならば知っておろう。たとえ坊主一人江戸城へ入れるにも書付は要るのだ」

「承知いたしましてございまする。奥右筆組頭に訊いて参りましょう」

冥府防人が引き受けた。

「鬼よ」

一礼して動きかけた冥府防人を治済が呼び止めた。

「他に、御用でございましょうか」

「殺すなよ」

問いかける冥府防人へ治済が釘を刺した。

「…………」

冥府防人が沈黙した。

「余にしたがわぬとはいえ、まだ使いようはある」

「仰《おお》せのままに」

もう一度深く頭を下げて、冥府防人が消えた。

「変わったの。あやつも」

「申しわけございませぬ」

絹が詫《わ》びた。

「叱っておるのではないわ。田沼《たぬま》にはめられ、親に捨てられたころのあやつは、人ではなかった。ゆえに余はあやつを鬼と呼んできた。だが、最近、心が揺らいでいるように見える」

「あとで申しておきまする」

「いや、今のままでよい。そなたも変わってきている。閨で触れているとよくわかる。昔よりも、やわらかい。これは余に身体を心から預けてくれておるからであろう」

「……はい」

尋ねられて絹が首肯した。

「人はの、心を殺せば、生きていけぬ。三卿という役立たずとして生きていくことを義務づけられた余も、そうであった。今は望みがある。心が生きておるのだ。死人には、なにもできぬ。そなたたちも生きよ。そして、余を支えよ」

治済が語った。

「お館さま」

絹が瞳を濡らしたまま、治済を見上げた。

第二章　死兵

一

東寺《とうじ》法務大僧正亮深《ほうむだいそうじょうりょうしん》は、近衛《このえ》右大臣《だいじん》経熙《つねひろ》の次男であった。

近衛経熙の養女となって家斉のもとへ嫁いだ御台所《みだいどころ》茂姫にとって、法務亮深は義理の兄となる。これは同時に、法務亮深は将軍家斉の義理の兄であり、島津家の一門でもあるということであった。

法務亮深の片腕、東寺の僧侶僧正深園は島津家とのかかわりを利用していた。

「失敗したではないか」

深園の訪問を受けた島津藩主重豪《しげひで》が、責めた。

「茂についていた女中から聞いたが、家斉と同じ部屋まで入りながら虚しく逃がすとは、比叡《ひえい》の僧兵も情けなきことよな。我らならば、あのような失態はせぬ」

島津重豪があきれた。

「返す言葉もございませぬ」

すなおに深園は失敗を認めた。

「あれほど日光山輪王寺お山衆《やましゅう》が弱いとは思いませなんだ」

深園は小さく頭を振った。

「やはり坊主は坊主ということよな。乱世の石山本願寺《いしやまほんがんじ》を見てもわかる。いかに武力を誇ろうとも、武士の前には勝てぬ」

「さようでございますな」

いっさい反論することなく、深園は神妙な態度であった。

「まあよいわ。すんだことをいくらあげつらっても、現状が変わるわけではない。それよりも今後どうするかだ」

「仰《おお》せのとおりでございまする」

深園が島津重豪に同意した。

「策を申せ」

「はい」

うながされた深園が背筋を伸ばした。

「貴家の兵をお借りいたしたい」

「兵を……まさか、江戸城へ攻めあがれなどと申すのではあるまいの」

島津重豪が剣呑《けんのん》な目をした。

幕府の支えである旗本も譜代《ふだい》大名も、長く続いた泰平になれ、武家としての気概《きがい》をなくしている。対して、島津は、いまだ戦国の気風を色濃く残していた。代々の江戸詰《づ》めはさすがに、世間の影響を受けて軟弱になってきていたが、国元の者たちは、まだ武を貴《たっと》ぶ風潮を維持していた。

これは薩摩《さつま》が国を閉じているおかげであった。

関《せき》ヶ原《はら》の合戦で負けたとはいえ、寸土も削られなかった薩摩藩は、幕府の外様大名改易《かいえき》策に対抗すべく、国を閉じた。

幕初、徳川家は、かつて豊臣秀吉《とよとみひでよし》のもとで同僚であり、数十万石という大領地をもつ加藤《かとう》、福島《ふくしま》ら外様大名を潰《つぶ》すことに躍起《やっき》になっていた。

どのような理由であれ、落ち度を見つけると苛烈《かれつ》な処分をおこなった。それこそ、関ヶ原で徳川家康に味方した者でも、幕府は遠慮しなかった。

当然、関ヶ原で敵対した薩摩は格好の標的であった。柄《え》のないところに柄をすげてでも潰そうと幕府は思っていた。

どうすれば、幕府の魔手から逃れられるか。考えた薩摩藩は国境《くにざかい》を封鎖した。幕府の隠密を入れなければ、腹を探られずともすむ。おかげで薩摩藩は、幕府の度《たび》重《かさ》なる嫌がらせに遭《あ》いながらも、大きな隙《すき》を見せず、潰されることなく代を重ねてきた。

国を閉じる。これは同時に、新しい世間の風を拒《こば》むことでもあった。当然、弊害《へいがい》も出た。泰平の世でなければ生まれない娯楽が発達しない。農業や工業、商業なども旧態依然なままで、効率はよくならない。

代わりに武士の意地も残った。戦国の気風そのままに、薩摩藩士たちは皆、武芸を学び、武士としての気概を保《も》っていた。卑怯《ひきょう》未練と言われることを恥とし、口論から果たし合いへ進むのも珍しくなかった。

「たしかに国元から三千呼べれば、江戸城など一日で落としてみせるが」

島津重豪が豪語して見せた。

「でございましょうが、それでは保ちますまい」

「天下人にはなれぬの」

深園へ島津重豪が言った。

「将軍を殺したからといって、次の天下人になれぬのは、明智光秀《あけちみつひで》を見てもわかるとおりでございまする」

大きく深園が首を振った。

天下人というのは、いささか早すぎるかも知れない。だが、もっとも天下人に近かった織田信長《おだのぶなが》を討ったのは家臣の明智光秀であった。しかし、明智光秀は天下人になれなかった。明智光秀には、天下人にもっともたいせつな名分がなかった。

「どうつくろったところで、謀叛《むほん》だからの。家臣が主を討って立場を入れ替える下克上《げこくじょう》は、乱世の常とはいえ、人の賛同は得られぬ」

島津重豪もうなずいた。

戦国を見回しても、下克上をおこなって天下人となったものはいない。陶晴賢《すえはるかた》を討った毛利元就《もうりもとなり》、浦上宗景《うらがみむねかげ》を放逐《ほうちく》した宇喜多直家《うきたなおいえ》らは大名となったが、天下へ手を出すことさえできなかった。尾張《おわり》の守護斯波《しば》氏を滅ぼした織田信長もそうである。天下人となる前に、非業の死を遂げた。対して、秀吉が天下人となれたのは、主君を殺していないからである。

となると家康はどうだという話になる。家康は豊臣家を滅ぼしたではないかと。しかし、家康が豊臣を滅ぼしたのは、将軍となったあとなのだ。天下人となったから、安心して旧主家を攻めた。

「島津がいま将軍を殺せば、単なる謀叛。とても朝廷から征夷大将軍《せいいたいしょうぐん》の称号をいただけるものではない」

「はい」

「では、兵を貸せとはどういうことじゃ」

あらためて島津重豪が訊《き》いた。

「捨てかまりをお借りしたい」

深園が願いを口にした。

「……捨てかまりをどう使うと」

声を低くして島津重豪が深園を見た。

捨てかまりとは、島津家独特のものである。負け戦で味方を逃すための兵のことをいった。

捨てかまりが、もっとも活躍したのは、関ヶ原の合戦であった。小早川秀秋《こばやかわひであき》らの裏切りで西軍の敗戦が決まったとき、島津家は背を見せて敗走するより、敵中突破に出た。

勝ち戦に興奮している数十倍の敵の中央を、島津勢はすさまじい勢いで突き破った。鬼神も避けるほどの勢いとはいえ、その数わずか一千五百。数万の東軍に囲まれれば、全滅するしかなかった。

少数で中央突破という奇行に衝撃を受けていた東軍が我に返り、島津の追撃に移ろうとしたとき、捨てかまりがその力を解放した。

捨てかまりは、本隊から離れ、敵の眼前に残ったのだ。

「踏みつぶせ」

数えるほどの兵が踏みとどまったところで、さしたる意味はない。鎧袖《がいしゅう》一触《いっしょく》と突っこんだ東軍の兵たちは、すぐに恐怖で身を竦《すく》めることになった。

捨てかまりは、どれほど斬られようとも、生きている間戦うことを止《や》めないのだ。一歩も動くことなく、己《おのれ》の手の届く範囲に敵が来れば、かならず殺す。刀が折れたならば、腕で。腕が折れたならば、歯で食らいつく。心の臓が停止してようやく、大人《おとな》しくなる。

一人で十人以上を倒す。

「死兵」

東軍の兵たちが震えあがった。

死兵とは、最初から死んでいる者をいう。すでに死んでいるのだ。恐怖も痛みも感じない。それに比して東軍の兵士たちは、生きて帰りたい者ばかりであった。なにせ、天下分け目の合戦で勝ったのだ。褒賞《ほうしょう》も今までのものとは比べものにならないほど大きい。そして、褒美《ほうび》は生きて帰った者だけに与えられる。

生き残りたいと思っている者に、死人の相手などできるはずもなかった。

捨てかまりへ命を懸けてまで挑もうという者は少なく、数を頼みに囲んでしまうしかない。こうして、一人の捨てかまりを排除するのに、かなりのときを喰《く》い、大将島津義弘《よしひろ》は、無事薩摩へ帰ることができた。

この捨てかまりへの恐怖が、家康をして薩摩征伐を思いとどまらせたとも言われていた。

「女捨てかまりを五人、お貸しいただきたい」

「……どこで知った」

島津重豪が、深園を睨《にら》んだ。

「忍《しのび》にも女はおりましょう。捨てかまりに女がいても不思議はありませぬ」

深園がしれっと述べた。

「坊主か」

「…………」

黙って深園が微笑《ほほえ》んだ。

いかに国を閉じている薩摩といえども、寺はある。寺があれば、住職もいる。そして住職となるには、本山での修行が要《い》るのだ。仏教の本山の多くは京にある。そして、京の寺で修行した僧侶や尼僧が、薩摩国にある寺や尼寺の住職として派遣されてくる。

「女捨てかまりは、少ない。五人は出せぬ」

「何人ならば」

無理だと首を振った島津重豪へ深園が問うた。

「今、江戸には二人しかおらぬ」

島津重豪が告げた。

「どのていどの腕をしておりますか」

「剣術の腕では男に勝てまい。ただ、捨てかまりの本分は身につけておる」

「ならば使えまするかな」

小さく深園が笑った。

「茂に累《るい》をおよぼすな」

「わかっておりまするとも。茂姫さまに咎《とが》が及べば、いかに正室とはいえ、敦之助《あつのすけ》君に世継ぎの目はなくなりまする」

懸念する島津重豪へ、深園が安心していいと言った。敦之助とは、家斉と茂姫の間にできた男子のことである。

「その二人は島津家とは関係のない者として大奥へあげまする」

「手配は」

「こちらでいたしましょう。京の者とすれば、誰も薩摩とは思いますまい」

深園が語った。

「駄目だな」

大きく島津重豪が首を振った。

「今、大奥では女中の身許調べがおこなわれているという。そんなときに、京の女中など受け入れられまい。少なくとも京へ人をやって、確認を取るまでは大奥へ一歩も入ることはできぬであろうよ」

「ふむ。幕府もさすがに馬鹿ではないと。坊主たちを手引きした者がおることに気づいたわけでございますな」

深園が難しい顔をした。

「やむをえぬ。捨てかまりはこちらであげよう。手立てはある」

「お願いできますかな」

「それくらいはしかたあるまい。薩摩にも利のある話だ。ただし、女をあげるのも捨てかまりを出すのも、島津である。そのことを忘れるな」

はっきりと島津重豪が、最大の功績者は吾《われ》だと言った。

「言うまでもございませぬ。ああ、念のためにお伺いいたしまするが、その女二人、薩摩なまりなどございますまいな」

「大事ない。捨てかまりは、皆なまりを消されておる」

「それは重畳《ちょうじょう》。では、できるだけ早めに」

一礼して深園が去っていった。

「島津を道具とするつもりのようだが、それほど甘くはないぞ」

書院に残った島津重豪がつぶやいた。

「奥へ参る」

島津重豪が、立ちあがった。

「実咲《みさき》と初音《はつね》をこれへ」

上屋敷の奥へ入った島津重豪が、二人の女中を呼んだ。

「御用でございましょうか」

島津重豪の前へ出た二人の女中のうち、歳嵩《としかさ》の初音が問うた。

「捨てかまりを命じる」

「はっ」

「ご命《めい》のままに」

実咲と初音が平伏した。

「そなたたちを大奥へあげる。命は、後日報《しら》せる。ただし、茂にはかかわるな」

「お任せくださいませ。捨てかまりは、島津家の血筋をお守りするために在ります る」

顔を伏せたままで実咲が述べた。

「うむ。島津のために、死ね」

満足そうに島津重豪が首肯《しゅこう》した。

二

奥右筆組頭《おくゆうひっくみがしら》の婿養子《むこようし》としてのお披露目《ひろめ》はすんだ。といっても、衛悟の日常が変わったわけではなかった。ただ、起居するところが正式に、柊家から立花家へと移っただけともいえた。

朝起きて併右衛門と一緒に朝餉《あさげ》を摂《と》り、登城を見送ってから道場へ行き、汗を流した後、戻る。判で押したように同じ日を、衛悟は繰り返していた。

「少し手筋を見てやろう。今のままでは、試合にならぬ」

朝稽古《あさげいこ》を終えた後、大久保典膳が衛悟を誘った。

「お願いいたしまする」

衛悟は喜んで応じた。

師範代というのは、弟子のなかでもっとも腕の立つ者が務める。もちろん、腕の立つ者のなかには、孤高で他人の面倒など見ぬという者もいるが、そこまで衛悟は狭量ではない。年若や初心の者へもていねいに稽古をつける。

しかし、そこに問題は潜《ひそ》んでいた。

武術は、格上の者と稽古して初めて上達する。つまり、師範代として、弟弟子たちの面倒を見ているだけでは、衛悟の腕はあがらないのだ。

それを防ぐため、大久保典膳が衛悟へ稽古をつけてくれていた。

「参れ」

道場中央で、大久保典膳は木刀を手にした。

「お願いいたしまする」

衛悟も木刀を構えた。

大久保典膳と衛悟の稽古では、竹刀《しない》を使わなかった。

竹刀は軽すぎるのである。

真剣は重い。振れば、身体《からだ》ごと持っていかれる気がするほどであった。当然、伸びのない竹刀とは間合いも違う。竹刀は初心の者に思いきりをつけさせるには有効だが、一定以上の腕の者には利が少ない。

木刀も真剣とは違うが、まだ竹刀よりはましである。

見切りができるようになれば、相手の木刀が当たるかどうかは、瞬時にわかることもあり、まず怪我《けが》をすることはなくなる。

二人の稽古は常に木刀であった。

「やああ」

気合いを発して半歩前へ踏み出した衛悟は、大久保典膳の動きをうかがった。

「…………」

大久保典膳は、応じなかった。

木刀とはいえ、当たれば無事ではすまない。骨くらい簡単に折れる。

衛悟は慎重であった。

「思いきって来ぬか。日が暮れるぞ」

木刀を右手にさげただけの大久保典膳が促した。

「……やああ」

一瞬の間を置いて、衛悟は大きく踏みこんだ。

「ふん」

小さく息を吐《つ》いて、大久保典膳が身体を右へ開いた。

「……ちっ」

手応えのなさを感じる間もなく、衛悟は木刀を薙《な》ぎへと移した。

「おう」

大久保典膳が木刀で受けた。

「なんの」

木刀が触れた瞬間、衛悟はさらに踏みこみ、身体ごと大久保典膳へあたりにいった。

「甘い」

大久保典膳が早かった。衛悟より早く足を送った大久保典膳が、先に身体をぶつけてきた。

「ぐっ」

あたるのとあてられるのでは、力の作用が変わる。ほんのわずかながら、食いこまれた衛悟が呻《うめ》いた。

「……なんの」

すぐに衛悟は反撃した。大久保典膳との腕の差は歴然なのだ。ここで引けば、あっという間に追いこまれてしまう。

「ほう」

押し返されて、大久保典膳が感嘆した。

「少しできるようになったな」

褒《ほ》めながら大久保典膳が彼我《ひが》の木刀同士の接点を中心に、身体を回した。

「あっ」

前へ出るために、体重を踏みこみ足へ移した衛悟の対応が遅れた。

「ふっ」

大久保典膳の木刀がずれ、力を受けてくれる相手を失った衛悟の体勢が崩れた。

「えい」

「参った」

木刀で左肩をかすられた衛悟が、敗北を宣した。

「一手先しか見えておらぬ」

大久保典膳が叱《しか》った。

「はい」

衛悟は、頭《こうべ》を垂れて聞いた。

「まあ、その一手先さえ見えなかったころに比べると、ましではあるが……」

ゆっくりと木刀を衛悟から離して、大久保典膳が続けた。

「一手先を読めるようになったとはいえ、相手がこちらの思いどおりに動くとはかぎらぬ。へぼ将棋ではないのだ。相手の動きをいくつか予想し、そのすべてに対応をせねばならぬ」

「いたりませぬ」

素直に衛悟は修行が足りないことを認めた。

「なんども真剣勝負をしたはずだ」

「……はい」

大久保典膳は衛悟の置かれた状況をよく知っていた。

「太刀をあわされるような一撃は出すな。太刀で受けようとするな。木刀ならばせいぜい手がしびれるていどですむが、太刀ならば欠ける。下手すれば折れる。欠けた刃《やいば》は切れ味を落とし、致命傷を与えにくくなる」

試合を終えて大久保典膳が講評した。

「なにより欠けた刃の破片が問題となる。構えてみよ」

大久保典膳に言われて、衛悟は木刀を青眼にした。

「受けてみろ」

やはり木刀を構えた大久保典膳が、ゆっくりと撃ってきた。

「……………」

衛悟は大久保典膳の一刀を避けずに受けた。

「駄目だ」

木刀をぶつけたままで、大久保典膳が首を振った。

「わからぬか。木刀と儂《わし》の顔、そしてお前の顔。どちらが近い」

「わたくしです」

問われて衛悟は答えた。

当然であった。大久保典膳が撃ってきたのだ。いわば、先手を取られた形である。

衛悟は後手に回っている。剣の出も大久保典膳の一刀がどこへ来るか見定めてからになる。その分、食いこまれてしまう。

木刀は衛悟の顔から七寸（約二十一センチメートル）ほどのところで止まっていた。

「ここで、ぶつかった真剣と真剣。刃はかならず欠ける。その欠けた破片はぶつかった箇所から勢いのまま散っていく。鉄の破片がだ」

「……あっ」

衛悟は気づいた。

「破片は、わたくしの目に……」

「そうだ」

大久保典膳がうなずいた。

「破片が目に入れば、光を失うこともある。そこまでいかずとも、目が傷つき、しばらくものが見えにくくなる。そして、人は目にものが近づいたならば、本能で閉じてしまう。こちらは一瞬のことだが、どちらにせよ、真剣勝負の最中に視界をふさぐ。これが何を意味するかはわかるな」

「…………」

無言で衛悟はうなずいた。

一撃をかわせず受けることになる。それは衛悟と同格、もしくはそれ以上の腕を持つ相手との戦いなのだ。一瞬の油断も許されない状況で、目を奪われる。先にあるのは敗北だけであった。

「相手の動きを見極めることは肝心である。だが、出を待つな。いつも後の先を取るつもりでおれ。先の先が理想ではあるが、格上相手だと後の先で切り返されるだけとなる。焦《あせ》るな。ただし、機は己が作れ」

嚙《か》んで含めるように大久保典膳が述べた。

「お教えかたじけなく存じまする」

深く衛悟は礼をした。

併右衛門の出迎えを衛悟は続けていた。

伊賀者の襲撃もあった。みょうな僧侶も登場した。とても安心できる状況ではなかった。

「出迎え大儀」

暮れ六つ（午後六時ごろ）の鐘《かね》に遅れて、外桜田門《そとさくらだもん》を併右衛門が出てきた。

「お役目、お疲れさまにございまする」

衛悟が軽く頭を下げて、ねぎらった。

「うむ。慣れたことはいえ、文字を読み、綴《つづ》るのは疲れるな」

併右衛門が嘆息した。

「では、早く戻りましょう」

微笑みながら、衛悟が促した。

「うむ」

同意した併右衛門が、歩き始めた。

江戸の町は夜明けを明け六つ（午前六時ごろ）、日没を暮れ六つと決めていた。桜田門を離れ、毛利家の中屋敷に沿って曲がるころには、残照も消えた。

「提灯《ちょうちん》を」

「へい」

中間《ちゅうげん》が併右衛門の命に応じて、背中の挟《はさ》み箱《ばこ》から提灯を取り出して、火を付けた。

ぼうっと足下が明るくなった。

「お先を失礼いたしまする」

提灯を持った中間が前へ出た。

奥右筆組頭は、その権に比べて身分は低い。四百俵高、役料二百俵、城中席次でいけば、勘定吟味役《かんじょうぎんみやく》の次席でしかない。布衣《ほい》を許されてはいるが格だけであり、騎乗や駕籠《かご》での登下城はできなかった。また供《とも》の数も制限があり、士分一人、草履《ぞうり》取りと挟箱持ちの中間と決められていた。そして士分を衛悟が代行している。

提灯持ちの中間、衛悟、併右衛門、草履取りの中間の順で帰途を進んでいた。

麻布《あざぶ》箪笥《たんす》町《まち》へ向かうため、一行は辻を左に折れた。

「今日はなにをしていた」

「道場へ行かせていただきましてございまする」

訊かれた衛悟が答えた。

「そうか。師はお元気であられたか」

「はい。いくつになられたのかさえわからぬお方でございまする」

義理の親子として妥当な会話を続けている二人の間に、声が割って入った。

「そろそろ大奥での一件について、訊かせてもらいたいものだな」

「なに」

「……なんだ」

衛悟はすばやく振り向き、併右衛門は唖然《あぜん》とした。

「いつのまに……」

振り向いた衛悟の目の前、ほとんど身体を接するほど近くに、冥府防人が立っていた。

「角を曲がったときからいたぞ」

冥府防人が答えた。

「気づかなかった……」

併右衛門がもっとも後ろにいた草履取りを見た。

「……知りませぬ」

草履取りが大きく頭を振って否定した。

「当たり前だ。人は生きていないものを気にせぬからな」

笑いながら冥府防人が語った。

「生きていないもの……」

「石とか木を、いちいちそなたは確認するのか」

あきれた顔で冥府防人が言った。

「気配のないものは、いないのと同じであろ」

「…………」

衛悟はなにも言い返せなかった。あからさまな腕の違いを見せつけられていた。

「元気そうだな。立花」

冥府防人が衛悟から併右衛門へ目を移した。

「心配してもらうほどの仲ではない」

併右衛門が断じた。

「まあ、そう言うな。年寄りを労《いたわ》るのは、若い者の任。それも口だけのことだ」

本音を口にしながら、冥府防人が併右衛門へ近づいた。

「こいつ」

あわてて衛悟は太刀の柄《つか》に手をかけた。

「待て。抜くな」

衛悟を併右衛門が抑えた。

「しかし……」

「争う気はないようじゃ。ことを荒立てるな」

併右衛門が衛悟へ命じた。

「さすが年の功よ。逸《はや》るのは若者の特権ではあるが、それだけでは、女も満足せぬぞ」

「くっ」

衛悟は唇《くちびる》を噛んだ。曲がり角からここまで、二丁（約二百二十メートル）はある。殺す気であれば、とうに一行は全滅している。今、冥府防人に併右衛門を始め、衛悟も害するつもりがないことは、たしかであった。

「大奥のことをと申したの。坊主の一件か、さすがに耳聡いの」

「あれだけ噂《うわさ》になっておるのだ。何も知らぬ者でも半日江戸城にいれば、なにかあったくらいはわかる」

冥府防人が偽りを述べた。

「人の口に戸は立てられぬか。上様のご命といえども」

併右衛門が息を吐いた。

「しかし、おぬしが知らぬとはの」

いつも併右衛門でさえ知らないことまで摑《つか》んでいる冥府防人にしては珍しいと、衛悟が問うた。

「少し江戸を離れていたのでな」

今度は真実を冥府防人が告げた。

「教えてくれぬか」

「噂以上のことは我らも知らぬぞ」

併右衛門が告げた。

「江戸城で奥右筆が知らぬことなどあるまい。大奥の女中が落とし紙を買うにも、お広敷《ひろしき》へ願いを出さねばならぬ。その書付《かきつけ》は、奥右筆の手を通ろう」

冥府防人が逃げは赦《ゆる》さぬと迫った。

「今回は、御台所さまご発願の法要ということで、表右筆の扱いになったのだ」

「表右筆だと……そのようなことを奥右筆が許すのか」

説明した併右衛門を冥府防人が睨んだ。

「鷹狩りで僧兵が上様を襲った。その直後、周囲に旗本など警固《けいご》のおらぬ大奥で法要をする。きな臭《くさ》いと思わぬか」

「あやしいの」

冥府防人が同意した。

「最初はたしかに奥右筆部屋へ書付が来た。だが、あまりにうさん臭いので、突っ返したのだ。前例がないとな」

「なるほど。それで、将軍家の私事として表右筆が」

「おかげで巻きこまれずにすんだが、代わりに委細は入って来ないのだ」

併右衛門が語った。

「無事を取ったか」

にやりと冥府防人が笑った。

「火中の栗は他人に拾わせ、冷めてからいただく。そうでなければ奥右筆組頭はつとまらぬわ」

堂々と併右衛門は冥府防人と渡り合った。

「将軍の無事は確かめたが、他に被害は」

あっさりと冥府防人が、お庭番の目を盗んだことを告げた。

「正式には届けがまだゆえ、確定はしておらぬが……伊賀者と別式女《べつしきめ》がやられたらしい」

知っていることを併右衛門は教えた。何度か殺されそうになったが、助けられたことも多い。併右衛門は義理を返した。

「礼を言うぞ」

冥府防人が、頭を下げた。

「もうよいか。そろそろ腹が減ってきたでな」

併右衛門が終わりにしてくれと言った。

「ああ、おぬしは帰っていいぞ」

興味を失ったように併右衛門から目を離して、冥府防人が衛悟を見た。

「しばらくだが、腕はどうなった」

冥府防人の身体が、闇のなかで一層《いっそう》濃くなった。殺気が全身からあふれ出した。

「くっ。立花どの、早く」

圧迫に耐えながら、衛悟は併右衛門を促した。

「わかった」

併右衛門は数歩後ろへ下がった。

「馬鹿息子、死ぬなよ。瑞紀を悲しませるな」

足を止めた併右衛門が命じた。

「…………」

衛悟は返答できなかった。

「よいか。儂の望みは、立花家を千石にすること。そして……おまえに家督を譲り、孫の面倒を見ることなのだ。年寄りの老後の楽しみを奪うな。ついて参れ」

言い終わると、併右衛門は中間たちを促して、足早に離れていった。

「感謝する」

併右衛門の姿が見えなくなったところで、衛悟は礼を言った。

「最初に申したであろう。今日は奥右筆組頭の命に用はないと」

冥府防人が、首を振った。

「直接刃をかわすのは、ひさしぶりだの」

「……ああ」

うなずきながら、衛悟は大きく後ろへ跳んで間合いを空けた。

「鷹狩りで、僧兵の相手をしたのは見たが、やはり直接戦って見ぬとわからぬでな」

音もなく、冥府防人が太刀を抜いた。

「それに……」

太刀を衛悟に向けて突き出すようにしながら、冥府防人が言った。

「己の腕を確かめねばならぬでな。鈍《にぶ》っていては困る」

「…………」

無言で衛悟も応じた。

衛悟は、太刀先で天を指す涼天覚清流《りょうてんかくしんりゅう》基本の構えを取った。小細工のつうじる相手ではなかった。

剣を手にしてから、何万、何十万と繰り返してきた型を、衛悟は信じた。

「最初から全力か。いいなあ」

冥府防人が満足げに唇を緩めた。

「変に技を繰り出されると、興が削《そ》がれる。やはり、おぬしはおもしろい」

じりじりと爪先でするようにして、冥府防人が間合いを詰めてきた。合わせるように、衛悟も出た。

三間（約五・四メートル）ほどあった間合いが、二間（約三・六メートル）に縮んだ。

「……ふっ」

不意に冥府防人の姿が消えた。

「下か」

一瞬で身体を地に這《は》うほど低くしていた冥府防人が、太刀で突きあげてきた。

衛悟はまっすぐ太刀を振り落とした。

甲高《かんだか》い音がして、火花が散った。衛悟の太刀は、冥府防人の一撃を上から押さえていた。

「よく止めた」

冥府防人が褒めた。

「では、これでどうだ」

　背筋を伸ばしきった無理な体勢で、身体を回転させて太刀を離し、勢いのまま、衛悟の臑《すね》を狙って薙いだ。

「くっ」

　小さく跳んで、衛悟は避けた。

「ふん」

　鼻先で笑った冥府防人が、腰を大きく伸ばし、太刀を斬りあげた。

「なんの」

　読んでいた衛悟は、身体を大きくそらせて、かわした。

「しゃっ」

　上がった太刀が、今度は落ちてきた。

「……おおう」

　衛悟はそのまま背中から倒れた。

「やるな」

　冥府防人が感嘆した。

　刀を持つ腕は肩に繋《つな》がっている。人体の構造上、どうしても一定以上低い位置には届かない。もちろん、攻撃する方法はある。川で魚を銛《もり》で突くように、上から刺せばいい。ただ、それには敵に近づかなければならない。近づけば、地に寝ている者の太刀が足へ届く。空に浮けない以上、足への一撃は避けられない。

「…………」

無敵とも思える状況だが、倒れたままではやはり不利であった。

なにせ、相手が近づいてくれないと、こちらから攻撃できない。対して敵方には手裏剣《しゅりけん》を投げるなど手段がある。地に伏している状態で、飛んでくるものを避けるのは難しい。

なにより、立つ瞬間が問題であった。寝ている状態から起きるには大きく重心の移動をしなければならず、体勢を崩しやすい。

「これならば、どうだ」

懐《ふところ》から手裏剣を出して、冥府防人が訊いた。

「…………」

応えず、伏したままで衛悟は冥府防人の動きをうかがった。

「すっ」

息を吸うような小さな気合いとともに、冥府防人が手裏剣を投げた。

「むっ」

見ていた衛悟は、冥府防人から離れるようにすばやく転がり、手裏剣を避けた。

「ほう」

衛悟の動きを冥府防人がおもしろそうに見た。

「誘っているか」

つぶやいた冥府防人が、もう一度手裏剣を投げた。

「やあ」

待っていた衛悟は、手裏剣を太刀で撃ち落とした。

鉄と鉄が当たれば、火花が散る。一瞬、周囲が明るくなった。闇のなかで不意に灯《あか》りが出れば、思わずそこへ目をやってしまう。

「そう来たか。火花の光で目くらましをかけたと」

冥府防人が述べた。

「とうりゃあ」

気合い声をあげて、衛悟は立ちあがった。

「だが、駄目だな」

笑いながら冥府防人が首を振った。

「えっ……」

三間の間合いを確保した衛悟は、襟元《えりもと》の重さに愕然《がくぜん》とした。衛悟の襟に、しっかり手裏剣が突き刺さっていた。

「漆塗《うるしぬ》り」

抜いた手裏剣は、黒漆で塗られていた。漆を塗った武器を闇のなかでみつけることは、まずできなかった。

「二本同時……」

衛悟は理解した。

「一本目を弾かず、吾《われ》より離れるように転がった。間合いを取りたいと読めば、次になにをするかはわかる」

淡々と冥府防人が告げた。

「うっ」

見抜かれていたと教えられた衛悟は呻いた。

「少し期待しすぎたようだ」

冥府防人があきれた。

「居場所ができて、安心したか」

「…………」

衛悟は言い返せなかった。

「失いたくないものを手に入れたとき、人は臆病《おくびょう》になる」

すっと太刀を冥府防人が降ろした。

「そろそろ戻らねばならぬ」

冥府防人が背を向けた。

「おもしろいと思わせてくれねば、生かしておく意味もない。次を楽しみにしておる」

溶けるように、冥府防人が闇へと消えた。

「なんなのだ。あやつは」

殺す気になれば、衛悟を仕留めるのは容易《たやす》いはずであった。この漆塗りの手裏剣だけで片はついている。だが、冥府防人はそれをしなかった。

「わからぬ」

衛悟は、首を振った。

だが、見逃すということは、いつでも殺せるとの意志でもある。冥府防人の意図がどこにあるか、衛悟には計り知れなかったが、またも腕の差を見せつけられた。修行を怠《おこた》ったわけではない。いや、養子先もなく生涯役立たずで終わるとの不安から拗《す》ねていた以前と違い、立花家を守らなければならぬと自覚した今のほうが、はるかに修行に身を入れている。

たしかに、衛悟くらいまで来てしまうと、一朝一夕《いっちょういっせき》に腕があがるということはないが、それでもうまくなったと自負できるほどには変わった。それでも及ばない。

「いつ殺されるか。その不安を抱いたまま、生涯を過ごすなどできようはずもない。あやつを倒さねば、死ぬまで安寧《あんねい》の日々は来ぬ。追いつけぬなら、追いつくまで、いや、追いこすまでよ」

衛悟の目が剣士のものになった。

三

駆け足で併右衛門の後を追った衛悟は、辻を曲がったところに一同が待っていたことに驚いた。

「なぜお戻りに」

「足手まといゆえ、離れただけだ。もし、そなたが傷でも負ったならば医者へ連れて行かねばなるまいが」

　併右衛門が語った。

「お気遣《きづか》いかたじけなく」

　衛悟は頭を下げた。

「みょうなやつよな」

「御前とかいうお方の配下でございましたな」

「一橋公のな」

「えっ」

　併右衛門の言葉に、衛悟は絶句した。

「なんだ、気づいておらなかったのか」

　驚いた口調で併右衛門が、衛悟を見た。

「先日、鷹狩りの場にあやつもおったであろう」

「気づきませなんだ」

　衛悟が首を振った。

「まったく、なにをしておるのか」

「上様の御前でございまする。緊張で……」

柊家は目見《めみ》え以上である。といっても、将軍家へ目通りするなど、家督相続のときくらいである。あのような突発事件でもなければ、当主でない次男の衛悟は、死ぬまで将軍の顔を拝むことなどなかった。

「無理もないか」

併右衛門が嘆息した。

「状況が状況じゃ。そなたが上様以外目に入らなかったのはいたしかたない。なれど、今後は周囲にも気を配れ。どこになにがあるのか、誰がいるのかを確認しておかねば、あとで思わぬ落とし穴にはまる」

「気を付けまする」

言われて衛悟は頭を下げた。

「先日のお鷹狩り、上様のお供を許されたのは、ただお一人。それが上様のご実父の一橋公じゃ。陣幕のもっとも奥におられたのだが、思い出さぬか」

「陣幕の奥……」

衛悟は脳裏に鷹狩りの陣中を思い出した。

「だめか」

反応の鈍い衛悟に、併右衛門が苦笑した。

「その一橋公の後ろに、あやつが控えていた」

「一橋公のご家中だと」

衛悟はふたたび、息を呑《の》んだ。何度となく命を狙われただけでなく、併右衛門も殺そうとしたのだ。とても将軍の父という、幕府で重きを置く一橋家にかかわりあるとは思えなかった。

「どこの大名にもなにかしら暗いものはある」

「はあ」

まだ衛悟は完全に飲みこめていなかった。

「では、一橋さまが、将軍を狙っている」

衛悟は愕然とした。

「どうであろうか、そのあたりはわからぬ。上のお方が考えることなど、我らが推察できるものではない」

小さく併右衛門が首を振った。

「放置してよろしいのでございますか」

衛悟が訊いた。

「どうせいと。上様のご実父さまが、将軍位の簒奪《さんだつ》をねらって、わたくしに与《くみ》せよと仰せになりましたと目付《めつけ》へ届け出るか」

「……うっ」

併右衛門の言葉に衛悟は詰まった。

「そんなまねをしてみろ。よくて、病気隠居。悪ければ、将軍の父を誣告《ぶこく》したと、切腹のうえ改易ぞ」

「………」

衛悟は黙った。

「……ではございまするが」

一瞬の沈黙を振り払って、衛悟が口を開いた。

「上様のお命に危難が近づいているのでございまする」

「それがどうした」

冷たく併右衛門が返した。

「えっ」

衛悟が唖然とした。

「我ら旗本は、将軍家へお仕えしている」

「は、はい」

まだ衝撃から衛悟は立ち直れていなかった。

「上様へお仕えしているのではない」

「それは……」

「どなたであろうが、徳川の当主となったお方に仕える。それが旗本というものだ。そして徳川の当主は将軍家でもある」

「無茶な」

正論であった。しかし、それは家斉の危機を見ても見ぬふりをするということであった。

「考え違いをするなよ」

非難の眼差《まなざ》しを向けてくる衛悟へ、併右衛門が言った。

「先日の鷹狩りのように、目の前で上様へ襲いかかる者がいたときは、身体を張ってお守りする」

「では、どういうことでございまするので」

「こんなところで、できる話ではない。屋敷へ戻ってからじゃ」

唾《つば》がかかるほど顔を近づけてきた衛悟を、併右衛門はいなした。

夕餉《ゆうげ》を摂《と》っている併右衛門と衛悟の様子に、瑞紀が首をかしげていた。

「なにかございましたか」

瑞紀が問いかけた。

武家で食事中に口を開くのは、下品とされている。しかし、立花家では普通のことであった。これは、幼くして母を亡くした娘の寂しさを少しでも慰めるべく、併右衛門が始めた習慣である。右筆として多忙を極め、屋敷まで仕事を持ち帰らなければならなかった併右衛門にとって、娘と触れあえるのは夕餉のときしかなかったからだ。

「いや、なんでもない」

併右衛門は瑞紀に笑いながら言った。

「…………」

まだ併右衛門に比べて、人生経験の浅い衛悟は、己の感情をうまく押し隠すことができない。無言で飯を喰《く》うしかなかった。

「衛悟さま」

瑞紀の矛先は、見逃してくれなかった。

「……いや、なんでもござらぬ」

あわてて口のなかにあった飯をかたづけて、衛悟も応えた。

「…………」

今度は瑞紀が黙って、衛悟を見つめた。

「代わりを」

空になった茶碗を置いた衛悟へ、瑞紀が手を出した。

剣術遣いは飯をよく喰った。いつもは、五杯は空にした。しかし、今夜はまだ三杯であった。

「いや、もう結構でござる」

「なにかお気に召しませなんだか」

瑞紀が訊いた。今宵《こよい》のおかずは、魚を味噌《みそ》漬けにしたものと大根と根深《ねぶか》の煮物である。ともに併右衛門と衛悟の好物であった。

「いやいや」

急いで衛悟が首を振った。

「では、ご体調でも」

「いたってよろしゅうござる」

さらに尋《たず》ねてくる瑞紀へ、衛悟は胸を張った。

「ならばよろしゅうございまするが……」

瑞紀がようやく引いた。

「では、膳を片付けてくれ。あと、茶は要らぬ。少し、衛悟と話があるゆえ、呼ぶまで、誰も近づいてはならぬぞ」

併右衛門が、夕餉の終わりを宣した。

「はい」

当主の命は絶対である。瑞紀はおとなしくしたがった。

「さて、先ほどの話を続けようぞ」

表情を引き締めて併右衛門が口火を切った。

「お家騒動というのを聞いたことがあるか」

「ございまする」

問われた衛悟は首肯《しゅこう》した。

大名や旗本の家中で、跡継ぎを巡ってもめたり、家老たちが権を手にしようとして争ったりすることをお家騒動といい、幕府による大名改易の大きな理由となっている。

「お家騒動でもっとも多いのは家督争いだ。当人たちにとって、当主となれるかどうかは大きな問題だが、ほとんどの家臣にとってはどうでもいいことなのだ」

「どうでもよいなどと……」

「たしかに争いをしている当主候補についている家臣にとっては、生き死にまでかかわるだろう。しかし、それ以外の者にとっては、誰が当主となったところで変わらないのだ」

併右衛門が語った。

「それは違いましょう。よき方を当主としていただかねば、藩政などにひずみが出まする。となれば、家中一党に影響は及びまする」

衛悟は否定した。

「では、当主の候補となっている方々に甲乙付けがたいときはどうする」

「血統の正統さで」

「正統さとはなんだ」

「嫡流《ちゃくりゅう》かどうか。あるいは長幼の序にしたがっているかでございまする」

続けざまに問われたが、衛悟は淀みなく答えた。

「となれば、将軍家は嫡流ではないの」

「……それは」

衛悟は口をつぐんだ。

将軍となった徳川家の継承は、すでに二代将軍のところでつまずいていた。二代将軍となった秀忠《ひでただ》は、家康の三男であった。徳川が天下を取ったときには、すでに死んでいた長男の信康《のぶやす》は除外しても、次男秀康《ひでやす》は健在であった。それも猛将として天下に名を知られていた。秀康は豊臣家、さらに結城《ゆうき》家へ養子として出たとして、相続から外されたとされている。だが、このようなもの、天下人となった徳川家にとって、些《さ》末《まつ》なことでしかない。離縁して実家に戻るのは、女だけではないのだ。武家にはいくらでもある。最近では、田沼主殿頭意次《とのものかみおきつぐ》の子供がそうであった。田沼主殿頭全盛のとき、主殿頭の息子を養子に迎え我が家の繁栄を企んだ大名家は、田沼主殿頭が失脚するなり、養子を離縁して実家へ送り返している。

「では、長幼の序についてだ。あからさまに次男のできがよいときも、長男でなければ正統ではないのか」

「いいえ」

力なく衛悟は首を振った。

「わかったであろう。継承とは血を引いてさえいればよいのだ」

極論を併右衛門は口にした。

「つまり、直接の利害さえなければ、家康さまのお血筋であれば、どなたであろうが、将軍になられたお方こそ主君である」

「利害でございまするか」

「そうだ。そのお方を将軍にすることで、己に見返りがある場合なのだ。当然、そのお方と継承を争った血筋とは敵対することになる。もし、敵方に相続されれば、無事ではすまぬ。これが利と害である」

「なるほど」

衛悟は理解した。

「御前と名乗っておられた一橋公に誘われた。あの話に乗っていたならば、儂《わし》にも利害はできた。しかし、奥右筆は不偏不党。当然お断りした。もっとも、儂が奥右筆組頭でなければ、誘われることさえなかったろうがな」

「もし、立花どのを見込んでのお話であったならば……」

「そうよな」

問いかけられた併右衛門が考えた。

「……心揺れたではあろうが……やはり断ったであろうな」

しばらくして、併右衛門が言った。

「なぜとお伺《うかが》いしてよろしいか」

「保身だな」

併右衛門が告げた。

「将軍家の地位を簒奪する。しかも親が子から。そのためには、上様はもとより、若君方のお命を奪い奉《たてまつ》らなければ、一橋公に将軍は回っていかぬ。さすがに、徳川のお血筋を害するのはな」

「若君さままで……」

簒奪の恐怖に衛悟が震えた。

「そうだ。その代わりに、ことがなったときの報酬《ほうしゅう》は大きい。吾が望みである千石など、馬鹿らしいほどの身分になれるであろうな。それこそ、万石も夢ではあるまい。だが、失敗したときは、謀叛《むほん》なのだ。この首が斬られるのはもちろんのこと、一族郎党磔《はりつけ》獄門《ごくもん》だ。瑞紀も死なねばならぬ」

苦い顔を併右衛門がした。

「この泰平の世で、人の目を引くほどの立身をするには、無理をしなければならぬ。危ない橋だとわかっていながら渡る者もいよう。だが、親として子を巻きこむことはできぬ」

しみじみと併右衛門が言った。

「しかし、誘いを断ってしまえば、敵と見なされるのでは」

衛悟が首をかしげた。

「表だってはなにもできぬ。儂は奥右筆組頭ぞ。幕政にかかわるすべての書付をあやつることができる」

「なるほど、ゆえに松平越中守《えっちゅうのかみ》さまの庇護《ひご》を」

「受けることができた。もっともそれとて、便宜上じゃ。松平越中守さまの身になる手伝いはせぬ。そして、一橋公、松平越中守さまといえども、儂を役目から外すことはできぬ。役目の補任、解任もすべて、奥右筆の筆ひとつだからの」

「……ううむ」

あらためて奥右筆の持つ力の大きさに、衛悟は驚愕《きょうがく》した。

「表で儂をどうにもできぬゆえ、闇に葬ろうとする。しかし、闇はあくまでも闇でしかないのだ。光の前では消えるしかない。持ち出せる力に限界があるのだ」

「…………」

「一橋公も、儂が正体に気づいたことはご存じであろう。しかし、儂はなにも口にせぬ。黙っているのだ。それをつく意味はない。下手すれば、闇を表へ出すことになる。今はまだ表へ出られる時期ではないのだろうな。先日の鷹狩りでの襲撃に一橋公はかかわっておられなかった」

併右衛門が息を吐《つ》いた。

「さようでございましょうか」

「でなくば、上様は生きておられぬ。そなた、あの場で先ほどの刺客を相手に勝てたか」

疑問を呈した衛悟へ、併右衛門が訊いた。

「いいえ」

「そなたが来る前に戦いは始まっていた。僧兵とあやつが組んでいたならば、そなたは間に合わなかった」

「一橋公は、上様のお命を狙っておられるのでございましょう。千載一遇の好機であったでしょうに」

「あの場で上様を討ち、己が無事であってみろ。疑いの目が向く。なんとかごまかせても、上様の盾《たて》にならなかったという評判は避けられぬ。親といえども、今は臣下なのだ。悪評が立てば、将軍の座につくことはできぬ」

「ややこしいものでございますな。陰の戦いとは」

理解しにくいと衛悟は嘆息した。

「ゆえに、陰の争いには、かかわらぬ。どちらが正しいかどうかなど、儂にはかかわりないのだ。役人は、己の範疇《はんちゅう》に手出しをされぬ限り、口を挟まぬ。こうすることで、吾《わ》が身と家族を守る」

「……………」

「不満そうじゃな」

納得していない顔の衛悟へ、併右衛門が表情を引き締めた。

「正義はどこに」

「あるか、そのようなもの」

あっさりと併右衛門が切って捨てた。

「先ほども申したであろう。裏にあるものなど、直接の利害がない限りかかわりない」

「では、上様のお命が狙われていることに見て見ぬ振りをせよと」

「儂の役目ではない。上様のお命を守る者は、小姓番《こしょうばん》、書院番《しょいんばん》、新番《しんばん》などの仕事である」

はっきりと併右衛門が告げた。

「さきほど、正義と申したの。ならば、一つ訊く。もし、今、家康さまの嫡男であった信康さまの直系のご子孫が現れ、将軍の座を求めてこられたならば、そなたはそちらに与するのか」

「それは……」

「朝廷が、徳川家へ将軍職を返上せよと仰せられたら、そなたは上様をご説得申しあげるのか」

「そのようなことはございませぬ」

「あるなしを問うているのではない。おぬしはどうすると尋ねておるのだ」

厳しく併右衛門が迫った。

「上様にしたがいまする」

「朝廷にさからうと」

「やむをえませぬ」

「向こうには義があるぞ。将軍といえども朝廷から任じられるもの。罷免《ひめん》する権はもっている。それでも上様の命で、朝廷と戦うと」

「はい。それが代々の恩にむくいる旗本でございましょう」

念を押す併右衛門に、衛悟は肯定《こうてい》の意を明確に表した。

「ならば、それがおぬしの正義だ。そして、朝廷の正義とは相容《あいい》れぬ」

併右衛門の声がやわらいだ。

「正義とはいくつもあるものだと」

衛悟が確認した。

「そうじゃ。立場と考え方で変わる。極端な場合、親子兄弟、夫婦でさえ違うのだ。そして違うゆえに、人は争う。正義がただ一つしかなければ、戦いは起こらぬ。みな、それにしたがうのだからな」

併右衛門がうなずいた。

「旗本は、徳川家の当主にしたがう。上様より一橋公を討てと命が出れば、儂も太刀を手にする。だが、今はなにもないのだ。その段階で一橋公と敵対するわけにはいくまい。親子の仲だ。いつ修復しないともかぎらぬ。そうなったとき、上様へついた者たちはどうなる。二階へ上がったはいいが、梯子《はしご》をはずされておりられぬこととなる」

「たしかに」

「だから儂はかかわらぬ。他人の正義に興味はない」

そう宣した併右衛門は、衛悟を見た。

「よいか。妻《めと》を娶り、家を継いだならば、正義はただ一つになる。妻と家を守る。何度も言うが、瑞紀を泣かせるな」

「……はい」

衛悟は強い語調で返答した。

四

衛悟から離れた冥府防人は神田館《かんだやかた》へ戻った。

「間に合ったか」

絹が一人でいるのを見た冥府防人がほっと息を吐いた。

「お館さまは」

「お利《とし》の方さまのところへ」

問われた絹が答えた。

「よいのか」

妹が一橋治済《はるさだ》を慕っていると気づいている冥府防人が問うた。

「お心遣いをいただいてしまいました」

うれしそうに絹が言った。

「わたくしの気がすむまで、自儘《じまま》をお許し下さるとのことでございまする」

「自儘を。そうか」

冥府防人も笑った。

「お館さまのお命を狙った伊賀の女はその場で殺しましたが、それは枝葉。命を下した者は生きておりまする。その者に天罰を与えねば、わたくしの気がすみませぬ。それをお館さまはお認め下さいました。わたくしが願うときまで、お渡りをご遠慮くださいますと」

絹が微笑んだ。

「明日にはお願いをいたしたいと思いまする」

今夜中にかたをつけてみせると絹が宣した。

「わかった。お館さまのことは任せるがいい」

「はい。では、少し出て参りまする」

兄の言葉に、絹が立ちあがった。

「待て。一つ頼まれてくれ」

「なんでございましょう」

身につけていたものを脱ぎながら、絹が兄へ振り向いた。

「さきほど奥右筆と話をしたのだが、どうも伊賀者の動きがひっかかる。大奥の襲撃に合わせるかのように、お館さまのお命を狙いたてまつった。そして大奥の襲撃のあと、松平越中守と縁を切っている。伊賀者が、お館さまを襲ったのは、松平越中守の命《めい》以外にない。つまり、伊賀者は松平越中守に与した。だが、その直後に見限った。なにがあったのか、知りたい」

冥府防人が述べた。

「わかりました」

素裸《すっぱだか》になった絹が、手早く忍《しのび》装束《しょうぞく》を身にまとった。

「伊賀者の頭《かしら》を殺す前に問いましょう」

頭巾《ずきん》の紐《ひも》を締めた絹が、天井へと飛びついた。

「やりすぎるなよ」

妹へ冥府防人が声をかけた。

「手向かいさえしなければ、頭だけで我慢いたしまする」

笑いながら告げて、絹は館を出た。

伊賀者たちは四谷に組屋敷を与えられている。大きな塀《へい》で仕切られた一角に、小さな長屋が整然と並んでいた。

組屋敷の出入りは、表門と左右の辻に面した潜《くぐ》り門《もん》だけである。もちろん、暮れ六つ（午後六時）を過ぎれば、門はすべて閉じられる。

といったところで、忍に門の状態は関係ない。

絹は、音もなく組屋敷の塀の上へ跳びあがった。

「……………」

不意に絹を手裏剣が襲った。

「ふん」

鼻先で笑った絹が、手ですべてをはたき落とした。

「鉄入り手甲《てっこう》か」

闇から声がした。

「問答無用とは、相変わらず伊賀者は、下品ですこと」

「女か」

嘲《あざけ》った絹に、屋敷を警戒していた伊賀者が目を剝《む》いた。

「甲賀《こうが》か。甲賀が何用だ」

伊賀者が問うた。江戸で女忍を抱えるだけの余裕があるのは、伊賀と甲賀くらいしかなかった。

「……甲賀。あのような腰抜けだと」

絹の声が尖《とが》った。

「違うのか」

「どうでもよろしいでしょう。あなたは死ぬのですから」

すっと絹が動いた。

「疾《はや》いっ」

傾いた屋根瓦《がわら》の上を風のように駆ける絹に、伊賀者があわてた。

「………………」

近づいた絹が、拳《こぶし》を繰りだした。

「ぐえっ」

あっさりと胸の骨を叩《たた》き折られて、伊賀者が死んだ。

「こいつ」

動揺した伊賀者たちが、気配を漏《も》らした。

「やはり、まだいましたね。三人というところでしょうか」

つぶやきながら、絹は懐《ふところ》から手裏剣を出して投げた。

「くっ」

さすがに伊賀者たちは喰《く》らわなかった。が、避けるために身体を動かした。そのわずかな体勢の崩れを絹は見逃さなかった。

「…………」

声を出さず、迫った絹は、拳と足でたちまち二人を屠《ほふ》った。

「おのれ」

残った一人が応援を呼ぶための口笛を吹こうと頭巾に手をかけた。忍頭巾は、口も覆《おお》っている。口笛はできない。

「させるとでも」

静かに言った絹が、腰に巻いていた布をほどくなり投げつけた。

「ぐっっ」

喉《のど》に布を巻き付けられて、伊賀者が呻いた。

錘《おもり》を先にしこんだ布は、当たれば骨を砕き、巻き付けば締めあげる。治済の閨《ねや》へ侍《はべ》るため、刃物を身につけられない絹がいつも携帯し、得意とする武器であった。

「組頭の長屋はどれでございましょう」

布を片手で捌《さば》き、伊賀者を手元へ寄せた絹が尋ねた。

「……………」

息ができず、顔色を変えながらも、伊賀者が歯を食いしばった。

「別段教えてくださらなくてもよろしゅうございます。手当たり次第に、長屋を襲えばすむことですから。もちろん、襲った長屋にいる者は、全員殺しますが。女、子供も」

「……むっ」

声を出すことができない伊賀者が、大きく目を開いた。

「指で教えてくだされば結構。わたくしは探す手間が省け、そちらは死人を出さずにすむ。ともに利のあるお話で」

絹が誘った。

「信用できるかどうかなどという愚問はお止《や》めなさいませ。こうやって夜分におとずれておることからもおわかりいただけましょうが、正体を明かすわけには参りませぬ。正体不明の女のいうことを信じることなどできますまいが……」

常と変わらぬ口調で絹が語った。

「どこでございましょう」

「…………」

「しかたありませんね。死んでください。教える教えないにかかわらず、あなたを生かしておくわけには参りませぬ。あなたはわたしの声を聞いた。匂《にお》いを嗅《か》いだ。そして、武器を見た」

「…………」

死を宣告されても伊賀者は無言のままであった。

「伊賀組を危うくした愚かな組頭をかばって死ぬ。泉下で先祖たちにどうお詫《わ》びしたのか。いつか、わたくしが地獄へ落ちたとき、教えてくださいませ」

「……くっ」

初めて伊賀者が動揺した。

「松平越中守につくのか、お館さまの下にいるのか。どちらかを取るべきでした。そうすれば、少なくとも大奥へ坊主を入れることはなかった」

家斉が咎《とが》めを与えなかったとはいえ、探索御用を失い大奥警固だけになった伊賀の大失策には違いないのだ。その根源は二股《ふたまた》をかけた藤林喜右衛門にある。

「かつての伊賀は、雇い主を裏切らなかった。金が支払われているかぎりとはいえ。それを組頭はした。伊賀の名前を汚した」

言いながら絹が伊賀者の首をへし折った。

「……かふ」

伊賀者の末期は、吐息であった。

「……そう。あなたも恥だと思っていたのですね」

死んだ伊賀者の指が一軒の長屋を指していた。

そっとその指を曲げて、絹が瞑目《めいもく》した。

「聞きなさい。わたくしは組頭の命以外に興味はありませぬ。ただ、邪魔をするならば遠慮はしませぬ」

目を開いた絹が告げた。

戦いの気配に気づかない忍などいない。絹は、伊賀者の目をしっかりと感じていた。

「愚か者めが。組頭を伊賀が見捨てるわけはない」

指さされていた長屋から、藤林が姿を現した。

「組頭を殺される。それは伊賀の恥」

藤林が胸を張った。

「気づいていないとは、馬鹿すぎる」

絹があきれた。

「組頭が殺されるくらい、いくらでも糊塗《こと》できる。なにせ、大奥で上様が襲われたことさえ、隠されているのだから」

「なっ、なにを」

「あなたは急病死したことになるだけ」

「……や、やれ」

藤林が会話を断ち切った。

「…………」

絹は相変わらず屋根の上に立っていた。

「どうした」

周囲に潜みながら動かない伊賀者たちへ、藤林が顔を向けた。

「次はない」

不意に声がして、伊賀者たちの気配が消えた。

「柘植《つげ》、今の声は柘植だな。どういうことだ」

藤林が驚愕した。

「捨てられたのだ。おまえは」

冷たく絹が言った。

「くっ」

呻く藤林目がけて、絹が飛んだ。

「ふん」

空中で大きく体勢を変えることは難しい。藤林は躊躇《ちゅうちょ》なく左右の手に持っていた手裏剣を投げた。

合わせて六本の手裏剣が絹を襲った。

「…………」

無言で絹が手にしていた布を振った。

「なにっ」

手裏剣すべてが、布に絡め取られた。

「お返ししますね」

絹が手首をひねるように振るった。布から手裏剣が外れ、そのまま藤林へ向かっていった。

「くそっ」

忍の刀鞘《かたなざや》には鉄がしこまれている。忍刀を抜かず、鞘ごと使って、すべてを藤林は弾いた。手裏剣は鉄の棒である。刃で叩けば、下手すれば折れる。少なくとも欠けることは避けられない。

「なかなかやりますね。でも、それまで」

藤林が手裏剣を防いでいる間に、絹は地面に降り立っていた。

「お館さまへ手出ししたこと、後悔しながら逝くがいい」

憤怒《ふんぬ》を声にのせて、絹が布を藤林へ叩きつけた。

「一橋の女忍……」

忍刀を抜いて布を切り払おうとしただけ、藤林は見事であった。しかし、布のようなものを断つのは難しい。

「このっ」

忍刀に巻き付いた布をはずそうとした藤林が、不意に動きを止めた。藤林の首に絹が投げた針が刺さっていた。

「あああああ」

藤林が血を吐いて倒れた。

「この時期に伊賀者組頭が急死したとなれば、徒目付の検死があるはず。そのとき刀傷があってはまずいでしょう」

「…………」

もう藤林は応えられなかった。

「これはいけませんでした。兄に法要の裏を訊いてこいと言われていたのに……」

絹が嘆息した。

第三章　忍《しのび》の報復

一

大奥の女中が交代した。

目見《めみ》え以上の女中は終生奉公が原則であり、親の葬儀にも参列できない。隠居願いがとおるまで働き続け、そして仏門に入って、ようやく大奥を出ることが許される。だが、大奥を出られたとしても、自儘《じまま》に住むことなどはできなかった。桜田《さくらだ》を始めとする御用邸に部屋を与えられ、寺参りでの外出以外はできず、死ぬまで飼い殺される。

対して目見えのできない女中は、嫁入り、親の病など事情があれば大奥を去れた。

当然、中﨟《ちゅうろう》たちが、個人で雇い入れている下働きなどは、お広敷《ひろしき》への届け出だけですんだ。

この日入れ替わったのは、御台所《みだいどころ》付きの年寄《としより》初島のお末《すえ》であった。

お末は、着替えの手伝い、食事の用意、洗濯、風呂での垢《あか》すりなど、主人の身のまわりのことをする。それこそ、公用以外、起きてから寝るまで一緒にいる。主人の身分によっては、厠《かわや》での後始末までするのだ。身分ある者にとって、必需であったが、いても気に留めることのない空気のようなものであった。

「お局《つぼね》さま」

茂姫付き年寄初島の前へ、二人のお末が古参の女中に引きつれられてきた。

「香里《かおり》と頼子《よりこ》の代わりを連れて参りました」

古参の女中が主《あるじ》へ、告げた。

「実咲にございまする」

「初音と申しまする」

二人のお末が、初島の前で平伏した。

「であるか。はげめ」

年寄ともなると、一々下の者のことなど気にしない。初島は、あっさり着任を認めると、下がっていいと手を振った。

「では、付いて参りや」

古参の女中が仕事を教えるために、二人をうながした。

大奥の上級女中たちに与えられる局は、旗本でいうところの屋敷である。玄関こそないが、風呂、台所、納戸などがあった。

「実咲は、香里のあとゆえ、お湯殿の係をいたせ」

「精進いたしまする」

「初音は頼子の代わりとして、掃除と針子をな」

「わかりましてございまする」

役割を命じられた二人がうなずいた。

「お末としての心得を申しておく。心して聞け」

「お願いいたしまする」

「はい」

重い声で言う古参女中へ、実咲と初音が姿勢を正した。

「大奥で見聞きしたものごとは、たとえ家族であろうとも、終生口外せぬこと。七つ口とは主人を無二として、忠節を尽くすこと。他の局の者とは交流をいたさぬこと。いえ、男とは口を利《き》かぬこと。分不相応な身形《みなり》や言動をいたさぬこと。これらを破りしときは、是非《ぜひ》に及ばず、その場で放逐《ほうちく》され、実家にも咎《とが》めが及ぶことを忘れるな」

「心に刻みまする」

「忘れませぬ」

二人が誓った。

「これは禁止ではないが、わたくしどもの主初島さまは御台所さま付きであられる。普段から、御台所さまのお近くにおられる。ゆえにわたくしどもも、御台所さまのお局の近くで控えることが多くなる。御台所さまのもとには、よく上様がお見えになられる。当然、わたくしどもも上様のお目に入ってしまう。となれば、お声掛かりもありえる」

お声掛かりとは、将軍から名を訊《き》かれることをいう。名を訊かれた女中は、家斉の閨《ねや》に侍《はべ》らなければならない。

「もちろん、将軍家のお手がつくのは、名誉なことである。ただ、初島さまが、御台所さま付きというのがの」

わかるであろうと、古参の女中が言った。

「御台所さまのお気色《きしょく》を損なうと……」

古参の女中が途中で終えた言葉を、実咲が続けた。

「……うむ」

己の気遣《きづか》いを潰《つぶ》されて、古参女中が嫌な顔をした。

「どのようにいたせばよろしゅうございましょう」

小首をかしげて初音が尋《たず》ねた。

「……上様のお成りとの声が聞こえれば、急ぎ姿を隠せ。廊下の角を曲がるもよし、庭へ飛び降りて、草木の陰へ身を潜《ひそ》めるもよし」

「不意のことで間に合わぬ場合は」

実咲がさらに問うた。

「そのときは、顔を伏せ、どのようなことがあろうとも、面《おもて》をあげるな」

初音へ答えたときより、少しきつい口調で古参の女中が告げた。

「わかったな」

説明は終わったと、古参女中が念を押した。

「ありがとうございました」

二人は礼を述べた。

「そなたたちの場所はわかっておるな。では、荷をほどいたなら、ただちに動け。実咲、湯殿の水を汲《く》みに行け。初音は二の間《ま》で針仕事をいたせ」

「はい」

「承知」

初音と実咲が首肯《しゅこう》して、去っていく古参女中を見送った。

「どうだ」

「お手つきになれれば、楽だの」

二人きりになった実咲と初音が話した。

「いつでも閨で殺せる」

将軍の側室といえども、閨に侍るときは髪飾り一つ付けられなかった。身に纏《まと》う一枚の衣類だけ、それも帯は将軍の側《そば》へ近づく前に取りあげられる。もちろん、身体は念入りに調べられ、口のなかは当然、女の密かどころから肛門まで、なにも隠していないかどうか、検《あらた》められる。

しかし、武器がなくとも戦うのが捨てかまりである。得物《えもの》がなければ、腕や足、それもだめなら、歯で嚙《か》みつく。手の届くところに将軍が来れば、まちがいなく仕留める自信が二人にはあった。

「無理だの」

実咲が笑った。

「お世辞《せじ》にも、美しいとは言えぬぞ。我ら」

「……たしかに」

二人が顔を見合わせた。

捨てかまりの修行を積んだ二人の身体に、余分な肉などない。女の象徴ともいえる乳房も小さい。これは、大きくなると武器を扱うのに邪魔になると、十歳から抑制のため晒《さら》しを巻いていたからである。

「左うちわの考えは捨てるとして、とりあえずは、ここに馴染《なじ》むことだ。捨てかまりは、戦場での殿《しんがり》を務めるだけでなく、伏兵でもある。伏兵は、敵に気づかれないよう野山に溶けこむ。今、新参である我らは、大奥にとって異物のようなもの。廻《まわ》りの目が集まっている。それを一日でも早く消さねばならぬ」

「わかっておる」

実咲の言いぶんに、初音が同意した。

「では、井戸へ行ってこよう。新人は他人より動かねば嫌われる」

立ちあがって実咲が出ていった。

御台所の湯殿の水は、毎朝、竜の口にあるお春屋《つきや》から名水が、黒鍬者《くろくわもの》の手で運ばれていた。しかし、それ以外の者は、将軍の姫であろうとも、大奥の井戸から汲みあげた水を、使用する決まりであった。

大奥の井戸で屋内にあるものは、御台所の居室側と将軍の子を懐妊した女が出産する北の部屋、通称七宝《しちほう》の間《ま》、大奥での将軍の食事を司《つかさど》る奥御膳所《おくごぜんしょ》くらいであり、この水を勝手に汲むことは許されていなかった。

建物の外にある井戸から、手桶《ておけ》に水を入れて、実咲は何度も往復した。

大奥の執務がいつ終わるか、それは将軍次第であった。

御台所あるいは側室方へ、お渡りがあるときは、将軍がことをすませ、眠りに就くまで休めない。代わりに、お渡りがなければ、暮れ七つ（午後四時ごろ）には、己《おのれ》の局へ引いてよかった。

そして、大奥仏間での騒動があって以来、家斉の大奥お渡りはなくなっていた。これは、家斉の意志ではなく、中奥の衆が大奥の危険を言い立てて、足止めをしていたからであった。

「お戻りなさいませ」

御台所茂姫のもとから下がってきた初島を古参の女中が迎えた。

「おいたわしいことじゃ」

初島が打ち掛けを古参の女中に預けながら、嘆息した。

「まだご心痛であらせられますのでございますか」

打ち掛けを受け取りながら、古参の女中が訊いた。

「うむ。無理もないが。御台所さまたっての願いで催された法要の場で、上様が襲われたのだ。それも僧侶にじゃ。御台所さまが法要をと言われなければ、なかったのだ」

帯を解かせながら、初島が述べた。

「上様にお怪我《けが》はなかったからよかったものの、万一のことでもあれば御台所さまも後を追われよう。なにせ、御台所さまと上様は幼なじみであらせられるからの。お二人で今までときを重ねてこられたのだ。御台所さまにとって、上様こそすべて」

襦袢《じゅばん》姿になった初島に常着が纏わされた。

「いかがなさいまするか。夕餉《ゆうげ》を先になさいますか。それともお湯殿をすまされてからになさいまするか」

上司の話の途中で、古参女中が問うた。

「夕餉はなんじゃ」

話の腰を折られた初島だったが、機嫌を損ねた様子もなく訊いた。

「本日は、卵汁とこんにゃくと芋《いも》の煮付けでございまする」

「……卵汁か。食せば汗をかくか。では、先に夕餉を」

「はい」

すぐに膳が用意された。

「馳走《ちそう》であった」

さして大きな身体でもない初島は、それほど食べるほうではない。半刻（約一時間）足らずで、夕餉を終えた初島が、煙草《たばこ》を一服吸い付けてから湯殿へと進んだ。

「本日より、お世話をさせていただきまする」

湯殿控えで、実咲が平伏していた。

「うむ」

小さくうなずいて、初島が両手を少しあげた。

「ご無礼をつかまつりまする」

実咲が帯を解き、すばやく初島を裸にした。

「お湯殿へ」

「わかった」

初島が湯殿へと入った。薄い浴衣《ゆかた》一枚になった実咲が続いた。

大奥の湯殿は、御台所のものを除いて、ほとんどが蒸し風呂である。初島の局の湯殿もそうであった。

湯殿のなかは、片隅の湯桶にたたえられた熱湯から出た蒸気で満たされ、伸ばした指先さえも見えないほどであった。

「おかけを」

「ああ」

勧められて、初島が床机《しょうぎ》へ腰を下ろした。

「お湯をかけさせていただきます」

漆《うるし》を塗られた手桶に熱湯を汲み、それに別に用意された水を足して適温にしてから、実咲が初島へかけた。

「どうだ」

素裸《すっぱだか》の身へお湯をかけられながら、初島が話しかけた。知らぬ者が見れば、初日のお末へ主が気遣いの言葉をかけたと取れる風景であった。

「なにもございませぬ」

ちらと天井、湯殿の壁、床下を見て実咲が答えた。

「そうか。そなた、殿よりご連絡のあった捨てかまりであるな」

「はい」

実咲が首肯した。

「詳細は聞いておらぬ。殿はどうせよと」

「指示あるまで待機せよと」

問う初島へ、実咲が告げた。

「そして、指示次第、怨敵《おんてき》を……」

実咲が殺気を漏《も》らした。

「わ、わかった」

初島が震えた。

「ご無礼をいたしました」

詫《わ》びながら、実咲がぬか袋で初島の背中をこすり始めた。

「い、痛い。力が強いわ。今は、捨てかまりであることを忘れよ」

悲鳴をあげて、初島が抗議した。

「申しわけございませぬ」

力を抜いて、実咲が詫びた。

実咲が漏らした殺気を村垣香枝《むらがきかえ》は察知した。

「これは……」

家斉の厠番から別式女《べつしきめ》へ移っていた香枝は、大奥を巡回していた。その途中で殺気が近くで漏れるのを感じた。

「いかがなされた」

別式女の巡回は二人で一組である。香枝と一緒に回っていた別式女が、気にかけた。

「いや、たいしたことではない。回ってしまおう」

問う別式女へ香枝は首を振った。

別式女とは、武芸をもって仕える女のことで、役職ではなかった。大奥において、別式女は火の番に属していた。

火の番はもっとも格下、女中たちの雑用をこなすお末の一つ上で、お目見え以下である。人数は増減があり、一定していないが、おおむね二十名から三十名で、二人一組となって、一日中大奥を巡回し、火事、不審者に備えた。

切り米五石合力金七両二人扶持《ぶち》で、他に薪《まき》や油、五菜《ごさい》銀五十匁《もんめ》が支給された。

香枝は先日、将軍家斉の危機をすくった功績で、お末頭格を与えられ、合力金十五両の火の番頭を命じられていた。

「火の用心をなさいませ」

別式女が声を出しながら進んだ。

一昼夜大奥を巡る火の番は二刻（約四時間）ごとの交代である。交代しても、ゆっくり身体を休めるのは難しい。また、身分が低いため、局などは与えられておらず、お末部屋で雑魚寝《ざこね》するくらいしかないのだ。

また、勤務は一日二刻交代で巡回したあと、一日の休みをもらう。もちろん、大奥の女中である。休みだからといって、外に出ることなどはできない。

宵《よい》のうちの巡回を終えて、部屋へ戻った香枝は、できるだけ音を立てないように気を遣った。

灯油代金を出すだけの余裕など、お末にはない。末の部屋は、日が暮れると真っ暗になる。暗くなれば、なにをするわけにもいかず、寝るしかなかった。

なかには、男日照りを慰めるために、女同士の快楽に身を任せる者たちもいないわけではないが、あまりうるさくしていると周囲から怒られる。寝付いてから一刻以内で終わらせるというみょうな慣例もあり、四つ（午後十時ごろ）ともなると、起きている者など皆無であった。

一緒に回った火の番とともに部屋へ入った香枝は、すばやく着替えると夜具に横たわった。そのまま目を閉じて、部屋の寝息を探った。

昼間の疲れですぐに火の番も寝入ったのを確認した香枝が、気配を殺して立ちあがり、夜具を仕舞ってある押し入れへとすべりこんだ。

押し入れの天井板は、外せるようになっていた。香枝は、そこから天井裏へ入った。

「先ほどの殺気は、御台所さま付きの女中たちの局のほうであった」

香枝は、脳裏に大奥の見取り図を浮かべると、迷うことなく暗黒の天井裏を進んだ。

御台所付きの上﨟《じょうろう》・年寄・中﨟は合わせて七人いた。それぞれに局を与えられている。香枝は、その一つ一つを窺《うかが》った。

局を与えられるほどの女中ともなると、有明《ありあけ》に使う灯油も支給される。もちろん、主の寝室だけにしかないが、闇を薄れさせるには十分であった。

「違うか」

局にいる女中たちの顔を香枝は見ていった。大事件があったあとなのだ。大奥にいた女中の身元はすべて調べられている。怪しい者がいないことはすでにわかっていた。

そんななかでうかつに殺気を漏らすような者が出た。これは、新しく入った者の仕業と香枝は読んだ。

お広敷に問い合わせればすむことだが、火の番の仕事ではない。権限のないことに口出しをするのは、目立つ原因となる。

本来ならば、今回の褒賞《ほうしょう》も断りたかったが、表沙汰《おもてざた》にならなかったとはいえ、将軍の命を救った者になにもないというのは、信賞必罰を旨《むね》とする幕府としてはまずい。日頃の精励精進よろしきにつきとの理由までつけてくれたのだ。断るほうが目立つ。

他にも、実家であるお庭番村垣家へ問い合わせるという手もあるが、連絡を取るには、手紙を出さねばならず、急の用には間に合わない。

「伊賀から、大奥を奪うべきだな。やはり」

香枝は嘆息した。

八代将軍吉宗が紀州《きしゅう》から連れてきた腹心の家臣からなるお庭番は、将軍家より絶対の信頼を与えられていた。それだけに、うかつに数を増やすことができず、ようやく二十家をこえたばかりであった。それで遠国御用《おんごく》、江戸地回り御用をこなさなければならない。とても大奥の警衛にまで手は回らなかった。

「別家を増やすにしても、当分先よな」

一人、香枝は口のなかでつぶやいた。

お庭番は、創設時の十七家を芯《しん》とし、その分家を使うことで増えてきた。これは、お庭番の知り得る機密を他所《よそ》へ漏らさないために、組を閉鎖しなければならないからである。

また、子供が数人いるからといっても、そのすべてが別家できるわけでもなかった。お庭番として働くには、もって生まれた素質が要《い》った。

数が増やせない。伊賀者から探索御用を取り上げた吉宗が、大奥警固《けいご》をお庭番にさせなかった最大の理由であった。

「……うん」

初島の局の天井裏で、香枝が首をかしげた。

「人が減ったか。気配が二つたりぬ」

香枝が独りごちた。

天井の梁《はり》を両足で挟《はさ》み、逆さまになった香枝が、小型の錐《きり》で天井板へ小さな穴を開けた。

「…………」

お末たちの雑魚寝を見て、香枝が息を呑《の》んだ。数は変わっていなかった。

香枝は、しばらく動きを止め、やがてそっと離れた。

十分に間合いを取るまで、香枝は息を止めていた。

「ふうう」

局を三つ間に挟んで、やっと香枝は呼吸を再開した。

「なんなんだ、あやつらは。まったく気配がない。死人か」

香枝は初島の局に属しているお末二人の異常さに驚愕《きょうがく》していた。

「あれはいけない」

顔色を真っ青にして、香枝が首を振った。

何度か深呼吸を繰り返し、ようやく落ち着いた香枝が、懐《ふところ》から小さな蠟燭《ろうそく》を出した。石綿で作った紙入れのなかから火のついた火縄を取り出し、蠟燭に灯《あか》りを入れる。

続いて、懐紙と筆を出して、手早く手紙をしたためた。

「急ぎ、兄に報《しら》さねば」

香枝が焦《あせ》った。

局で雇うお末といえども、幕府へ書付《かきつけ》を出さなければならなかった。

二

大奥の上臈と中臈たちには、己で雇う使用人の給金、食事代などの費用が幕府から賄《まかな》われていたからである。

大奥の女中たちに支払われる俸給のうち、切り米と合力金は、個人のものであり、扶持米は女中と使用人の食料と考えられていた。

本来、扶持米は、使用人の数に応じて支給されるものであったが、実際には役職によって一定に定められていた。もちろん、女中本人が食べる分も含まれていることから、使用人がいなくなっても無支給となることはない。また、使用人をどんどん増やしても規定以上には与えられない。

お末は大奥女中の私用とはいえ、幕府から扶持米が出されたため、表右筆《おもてゆうひつ》の扱いではなく、奥右筆の担当とされていた。

女中の増減に左右されない扶持米とはいえ、一応個人雇いの女中の出入りも、お広敷をつうじて奥右筆部屋へと回されることになっていた。

「お広敷より、書付でございまする」

御殿坊主が塗りの箱を捧げて、奥右筆部屋へと入ってきた。

「大奥からか」

先日の一件があったばかりである。奥右筆の目がいっせいに集まった。

「ええと、どなたさまへ」

注目を浴びた御殿坊主が戸惑った。

「こちらへ」

苦笑しながら立花併右衛門が書付をよこせと手をあげた。

「なんでござるかの」

興味津々《しんしん》といった風で、加藤仁左衛門が覗《のぞ》きこんできた。

「どれどれ……お末の入れ替わり届けでござる」

書付を見た併右衛門が答えた。お末など身分軽き者については、ほとんど事後承認となる。お末ていどのことまで調べられるほど奥右筆はひまではない。

「なんじゃ、おもしろくもない」

加藤仁左衛門が肩を落とした。

「そうそう、おもしろくされては、こちらの身が持ちませぬ」

笑いながら併右衛門が言った。

「それもそうでござるな」

微笑《ほほえ》んで加藤仁左衛門も同意した。

「さて、仕事に戻ろうぞ。遊んでいては、昼餉《ひるげ》も食えぬこととなるぞ」

加藤仁左衛門が、緩《ゆる》んだ雰囲気を締めた。

「二名辞めて、二名の雇い入れか」

併右衛門は、書付へ承諾の筆を入れかけた。

「……うん」

違和感を感じて、併右衛門が筆を止めた。

「辞めた翌日に、補充か」

併右衛門がつぶやいた。

「加藤どの」

「なんでござろう」

呼ばれて加藤仁左衛門が顔をあげた。

「先日の大奥女中身元調べでございまするが……」

声を潜めて、併右衛門は加藤仁左衛門へ話しかけた。

大奥法要に刺客が入りこんだ。これは大奥に手引きした者がいることも考えられた。そこで、大奥すべての女中たちの身元がもう一度確認されていた。

「お末も対象になりましたかの」

併右衛門が問うた。

お末は、別名犬とも呼ばれる。その多くは、貧しく口減らし代わりに家を出された御家人の娘、嫁入りのとき、大奥出という箔を欲しがった町人の娘らであった。もっとも裕福な商家や豪農の娘などは、金を積んで旗本の娘分として大奥へ入るので、お末となることはなく、お三《さん》の間《ま》、あるいは呉服《ごふく》の間《ま》詰めとなる。

お末は、いわば大奥でもっとも地位の低い、人扱いされない身分であった。人扱いされない者の身元など、誰も気にしないのが普通である。犬の出自を問うことがないのと同じであった。

「たしか、されたはずでござる。この度《たび》はことがことだけに、徹底して調べたと聞きましたが。なにか」

「いや、二人も同じ局で辞めておりましてな」

「それがなにか」

加藤仁左衛門が首をかしげた。

「いや、身元調べが終わったのでござれば、辞める意味はありますまい。いわば御上から、保証されたようなもの」

「ふむ」

「それも初島どのの局から二人も」

「恩田《おんだ》」

奥右筆の一人へ加藤仁左衛門が声をかけた。

「なにか」

「大奥女中の身元調べ書の写しはどこに置いた」

「二階の書庫でございまする。まだ未整理のところに」

訊かれた恩田が答えた。

「そこから御台所さま付きの初島どのの局に関するところを持って来てくれ」

「ただちに」

恩田がすばやく二階へ上がり、少しして帰ってきた。

「これでございまする」

「ご苦労であった」

受け取って、併右衛門が労《ねぎら》った。

「宿下りしたお末は……香里と頼子とあるな」

辞めたお末の名前をもう一度見た併右衛門が書付をめくった。

「これじゃな。香里は小伝馬町《こでんまちょう》の商家日向屋《ひゅうがや》の娘。頼子は御家人五十俵二人扶持紀田《としだ》三郎《さぶろう》の養女か」

「養女……」

加藤仁左衛門が声を出した。

「どうかされたか」

併右衛門が尋《たず》ねた。

「五十俵二人扶持で養女など求めますかな」

「喰《く》いかねると」

「はい」

はっきりと加藤仁左衛門が首肯した。

五十俵二人扶持は、年になおしておよそ二十二石弱となる。そこから現物で消費する米を扶持分から除けば、二十石。一石一両に換算して、年収二十両である。一両あれば、庶民ならば一月生活できる。しかし、武家には体面というものがあり、どうしても庶民より費《つい》えはかかった。

「一ヵ月一両三分。少々厳しいでしょうな」

「跡継ぎがいないので、養子をというのなら、わかりまするが」

「養女縁組みならば、届けがあるはず」

併右衛門は己で、二階の書庫へ向かった。

「……これか」

大量に保存されている書付は、前例を見るとき、戸惑うことなく探せるよう、きっちりと整理されていた。

「頼子は、商人の娘か。小石川《こいしかわ》の大島屋《おおしまや》の三女。養女縁組み直後に大奥へ上がっている」

一階へ下りて併右衛門は加藤仁左衛門に内容を告げた。

「なにがしたいのでござろうなあ、大島屋は。大奥へお末として娘をあげるならば、なにも御家人の養女にせずともよかろう」

町人の娘を御家人の養女にする。言わば身分の差を変えるのだ。それ相応の金がかかる。

「その分の金を遣えば、お末ではなくお三の間……」

言いかけて加藤仁左衛門が併右衛門を見た。

「…………」

　無言で併右衛門もうなずいた。

「いかがいたしましょう。目付《めつけ》に報せまするか」

「いや、このていどで目付は動きませぬ。たかが五十俵の御家人のこと。それに大奥女中の身元調べには目付も加わっていたはず。もし見逃しでもしていれば……己に傷が付きましょう」

　加藤仁左衛門の提案を併右衛門は否定した。

「では、このまま放置を」

「とはいきますまいなあ。この書付を預かってしまいましたゆえ。なんらかの結果を出さねばなりませぬ」

　併右衛門が嘆息した。

「三日ほどならば、ごまかせましょう」

　お広敷から書付の催促《さいそく》が来るにしても、少し余裕はあった。

「お任せいただいて、よろしいか」

「よしなにお願いをいたしまする」

　申し出た併右衛門へ、加藤仁左衛門が了承した。

暮れ六つに外桜田門を出た併右衛門は、出迎えた衛悟へ並ぶように命じた。

「なにか」

話があるとさとった衛悟が訊いた。

「小石川を知っておるか」

「水戸《みと》さまのお屋敷のある」

「うむ。そこにある大島屋という商家を探れ」

「探れとは」

衛悟が困惑した。

「事情はこうじゃ」

詳細を併右衛門が告げた。

「……どうやって」

探索などしたこともない衛悟は戸惑うしかなかった。

「商人だという。ならば、なににせよ商っておるはずじゃ。明日にでも瑞紀を連れて行ってみるがいい。商人の相手ならば、女が得手じゃ」

「瑞紀どのと……」

衛悟が息を呑んだ。

武家は女と外出しなかった。親戚や菩提寺《ぼだいじ》を訪ねるなどで、やむを得ない場合は、女が三尺（約九十センチメートル）ほど後に付く。

衛悟には瑞紀と町を歩いた経験がなかった。

「なにを驚いておるのだ」

併右衛門があきれた。

「物見遊山《ものみゆさん》に行くのではない。役目である。いささかも取り違えてはならぬぞ」

「……しょ、承知いたしておりまする」

衛悟は強くうなずいた。

「ならばよい。急ぐぞ。腹がすいた」

そう言って、併右衛門は足を速めた。

翌朝、朝五つ（午前八時ごろ）前に出かけた併右衛門を見送った衛悟と瑞紀は、出かける用意に入った。

「道場へは頼む」

稽古《けいこ》を休む旨を大久保典膳へ伝えてもらうように、小者を使いに出せば衛悟の準備は整った。

「いけませぬ」

玄関先で待っていた衛悟を、出てきた瑞紀が一目見て首を振った。

「小袖《こそで》だけでは、軽く見られまする。しばしお待ちを」

一度奥へ引っこんだ瑞紀が、すぐに羽織を手にして出てきた。

「父のものを仕立て直したものでございまする」

手早く瑞紀が衛悟に羽織を着せた。

「やはり、父よりも上背がおありゆえ、少し短こうございました。申しわけありませぬ。これ以上裾《すそ》を伸ばせませぬので、新しいのを仕立てまするが、今日のところはご辛抱を」

「とんでもない。わたくしなぞ、まだ羽織を身につけるような身分では」

申しわけなさそうな瑞紀へ、衛悟が遠慮した。

「いいえ。そういうわけには参りませぬ。立花家は、おかげさまでご加増をたまわり七百石となりました。七百石といえば、馬に乗り、槍《やり》一筋を立てることのできる家柄。その惣領《そうりよう》が、小袖一つで出歩くなど」

瑞紀がたしなめた。

「そういうものでございまするか」

衛悟は瑞紀の勢いに押されていた。

目通りはできるが、二百俵という薄禄《はくろく》だった柊家に、無駄飯食いの次男坊へ羽織を与えるような余裕はなかった。どうしても羽織が要《い》るときは、兄のものを借りていたのだ。道場へかようなど、普段の外出で衛悟は羽織を着たことはなかった。

「羽織だけではございませぬ。裃《かみしも》も新調せねば。父とではお身体《からだ》が違いすぎまする。やはり武術をされていただけに、肩幅がお広い」

瑞紀が衛悟を見つめた。

「行きましょう」

気恥ずかしくなった衛悟が、瑞紀を促した。

日が落ちれば、寝るしかない江戸の庶民たちは、できるだけ朝のうちに用事をすませようとする。後でと考えていると、雨が降ったりして出そびれるからだ。また、馬に乗ることを禁じられている庶民の移動は歩くか駕籠《かご》しかない。駕籠だと歩くよりは早いが、金がかかる。よほど余裕があるか、年寄りでもないかぎり、駕籠を使う者はいなかった。

江戸の町は人であふれていた。

そのなかでも、衆に優れた容姿の瑞紀は目立っていた。

「いい女じゃねえかあ」

「よせ、あの様子だと旗本のお姫さまのようだぞ」

職人たちがすれ違いざまに、瑞紀を見ていく。

少し前を歩いている衛悟にも、その気配は感じられた。

許嫁《いいなずけ》が他人目《ひとめ》に付く。

自慢、嫉妬《しっと》。なんともいえない気分に、衛悟はとらわれていた。

「そちらの辻を右でございまする」

漫然と歩いていた衛悟に、瑞紀の注意が飛んだ。

「そうか」

あわてて衛悟は、右に折れた。

麻布《あざぶ》箪笥町《たんすまち》から小石川は、ほぼ江戸城を挟んで反対側になる。衛悟一人ならば、一刻（約二時間）もあれば十分に着くが、歩きなれていない瑞紀の足に合わさなければならない。

他人の速さに、それも後ろをついてきている瑞紀に合わせるのは、なかなかに難しい。

衛悟は絶えず後ろを気にして歩く羽目になった。

「その橋を渡って左へ」

「うむ」

屋敷と道場、団子屋を行き来するだけだった衛悟は、生まれてからずっと江戸に住んでいながら、道をほとんど知らなかった。曲がる辻ごとに瑞紀に声をかけてもらって、ようやく小石川へ着いた。

「水戸さまのお屋敷か」

周囲を圧倒する大きな屋敷は、御三家水戸徳川家の上屋敷であった。十万坪をこえる広大な敷地に、神田川から引きこんだ水を使った庭園、後楽園《こうらくえん》で名高い。水戸家から招きを受けた商人や文人がその見事さを口にするおかげで、江戸の者ならば誰もが知っているほど有名であった。

「なんと大きい」

四丁（約四百四十メートル）をこえる白壁に、衛悟は目を見張った。

「お屋敷の端を左、二つ目の辻を右へ。そこが下富坂町《しもとみさかちょう》で、大島屋があるところでございまする」

足を止めた衛悟を瑞紀が急《せ》かした。

「ああ」

すでにお昼どきに近い。のんびりしている暇はなかった。言われて衛悟は、水戸家の屋敷を回りこむように進んだ。

武家屋敷が続くなかに、わずかに町人地があった。そこが富坂町であった。

「ここから先は、わたくしが」

瑞紀が前へ出た。

「この筋ではなさそうでございまする」

最初の辻には目指す大島屋はなかった。

「こちらへ」

富坂町の終わりの辻を、瑞紀が左へ曲がった。次の辻を左へ折れ、そのまま進む。

「ございました」

四軒目で瑞紀が言った。そのまま止まらずに、数軒やり過ごした。

「今の店か」

瑞紀に追いついた衛悟が、振り返って確認した。

「薬種《やくしゅ》問屋のようでございますね」

瑞紀が看板を見た。

「のようだな」

衛悟も暖簾《のれん》に書かれた薬の文字を読んだ。

「しばし、お待ちを」

そう言って、瑞紀が目の前の商店へ入った。

「えっ」

関係ない店へ入っていく瑞紀へ、衛悟は小さく驚きの声をもらした。

「おいでなさいませ」

店の奉公人が瑞紀を出迎える様子を、暖簾の隙間《すきま》から衛悟は見るしかなかった。

「……このぬか袋を一つ」

商品へ目をやった瑞紀が、ぬか袋を手にした。

「ありがとう存じまする。この袋には、絹糸を混ぜてございまして、お肌を傷めることなどございませぬ」

代金を受け取りながら、店の奉公人が商品を持ちあげた。

「それは使うのが楽しみでございまする。よければ、また寄りましょう」

商人が喜びそうなことを瑞紀が口にした。

「ところで、この並びに薬種問屋があるようでございますが、評判はいかがなのでございましょう」

　さりげなく瑞紀が訊いた。

「大島屋さんでございますな。薩摩《さつま》から仕入れられている黒糖で知られておりますよ」

　奉公人が述べた。

「黒糖……それは高価そうでございますね」

　和蘭陀《オランダ》からの交易で手に入れる白砂糖と薩摩で取れる黒糖は、庶民の手が届くものではなく、嗜好品《しこうひん》というより少量を薬として使用した。

「一斤《きん》（約六百グラム）で銀八匁《もんめ》ほどとか」

「まあ」

　値段を聞いた瑞紀が目を剝《む》いた。銀八匁とは、およそ二朱、銭にして五百文余りとなる。

「効能のほどはいかがなのでございましょう」

「滋養強壮によいと評判で」

「それはそれは」

　瑞紀がうなずいた。

「薩摩の黒糖ということは、大島屋さんは、島津さまのお出入りでございますか」

「お出入りの看板はございませんが、いつでも黒糖が品切れでないことを自慢とされてますので、そうとうな繫《つな》がりをお持ちだとは思いますが」

「なら、安心ですね。早速に訪ねてみましょう」

話を打ち切って瑞紀が店を出た。

「畏《おそ》れ入る」

瑞紀へ衛悟が感嘆の眼差《まなざ》しを向けた。

「なにを仰《おお》せられまするか」

頰《ほお》を染めて、瑞紀が照れた。

「大島屋が薩摩とかかわりがある。それがわかっただけでも大きい」

「では、参りましょうか。今度は衛悟さまにお願いをいたしまする」

「拙者《せっしゃ》には無理でござる」

剣術ばかりやってきた衛悟は、あまり口がうまくない。

「もちろん、お娘御のことを訊いてはいけませぬ。大奥から下がってきたところで、いきなり娘のことを尋ねられれば、誰でも不審に思いまする」

瑞紀が首を振った。

「ではなにを訊くのだ」

「店が儲《もう》かっているかどうかを」

「それが……」

衛悟は理解できなかった。

「儲かっている商家にはお金がございましょう。娘を大奥へあげるにも、御家人とは名ばかりの家ではなく、旗本に仮親を頼むこともできまする」

「なるほど」

「親元がよければ、それだけ娘が大奥でいい目をみることができましょう。商家の娘でございまする。終生奉公などする気はございますまい。嫁入りのおりの箔付け。ですがお末では、雑用に毎日追い回されて疲れ果てるだけ。針仕事など習う余裕などありませぬ」

「それでは、花嫁修業とはいえませぬな」

聞いて衛悟も納得した。

「商売が回っていなければ、娘を口減らし代わりに奉公へ出すこともありましょう。それならば、御家人の娘分にしてまで大奥へあげる理由はございませぬ。大奥の給金がそこまでするほどよいとは聞きませぬ」

「なるほど」

「さあ、あまり一所《ひとところ》に止《とど》まっておりますと目立ちまする」

瑞紀が、衛悟を急かした。

先ほどから道行く人が、若い武家の男女が道ばたで話しているのを興味深そうに見ている。

「でござるな」

気づいた衛悟は、急ぎ足に進んで、大島屋の暖簾をくぐった。

「邪魔をする」

「お出でなさいませ」

すぐに手代らしい若い奉公人が応対した。

「黒糖を少し分けてもらいたい」

そう言いながら、衛悟は後ろについて入ってきた瑞紀を見た。

「二斤ほどお願いいたしまする」

瑞紀が衛悟へ向かって小さく頭を下げた。

「うむ。だそうだ」

「二斤でございますか。ただちに」

手代が奥へ引っこんだ。

「いくらになる」

「本日黒糖は一斤で二朱と百文となっておりまする。二斤お買いあげいただきますれば、一分と二百文お願いいたしまする」

問われて、帳場に座っていた番頭が答えた。

「高いの」

「申しわけございませぬ。長崎から入ってくるはずの大白砂糖が船のつごうとかで、遅れておりまして。江戸の砂糖相場が軒並みあがってしまいまして」

申しわけなさそうに、番頭が告げた。

「では、その大白という長崎からの砂糖が入ってくれば、値は下がるのか」

「はい。ですが、長崎の砂糖は皆、和蘭陀《オランダ》からの船来もの。南蛮船の入りや、積み荷の状況では、少ないか、あるいは、まったく入らないか。そうなれば、今よりももっと上がります」

買い控えは止めたほうがいいと言外に番頭が述べた。

「そうか」

「衛悟さま」

小声で瑞紀が促した。

「……ところで、番頭。砂糖の売れ行きはどうだ」

「おかげさまで。とくにわたくしどもの取り扱っておりまする黒糖は質がよいと評判でございまして」

「黒糖にも質があるのか」

「ございますとも。同じように見えるやも知れませぬが、色艶味、不純物のあるなし、練りこみの具合など、それこそ同じ商品はないといえるくらい違いまする」

番頭が手を振った。

「そんなにか」

衛悟は目を剝いた。

「薩摩で取れるとはいえ、そのなかでも奄美《あまみ》大島《おおしま》のものが最高でございまする。当店は、それのみを扱っております」

自慢げに番頭が告げた。

「大島屋というのは、そこからか」

「さようで」

「主どのは、そちらの出かの」

さりげなく衛悟は問うた。

「いえいえ。江戸の者でございます。薩摩の黒糖を扱わせていただくようになったのは、今の主からで。そのおりに大島屋と屋号を変えさせていただきました」

「ほう。それで薩摩一の黒糖を切らさぬとは、すごいの」

衛悟は感心して見せた。

「お待たせを」

手代が黒糖を手に戻ってきた。

「まあ、綺麗《きれい》」

ぬめるように光る黒糖に、瑞紀が歓声をあげた。

「はしたないまねを」

瑞紀が恥じた。

「ありがとうございます」

そんな瑞紀の様子に番頭が微笑んだ。

「代をな」

「はい」

言われて、瑞紀が紙入れを取り出し、代金を支払った。

「黒糖は滋養強壮によいと聞いた。どうすればよいのかの」

「少量をぬるま湯に溶かして服用していただくとよろしゅうございます。他に、魚などを煮るのにお使いになると、臭《くさ》みを消しまする。滋養強壮でなく、女のかたの肌にも効果が」

番頭が教えた。

「なるほど、ならば、大島屋どののご家内やお娘御などはお美しいのであろうな」

「奥さまはたしかにお美しいかたでございますよ。あいにく、お子さまは男の子さんだけでございますが」

笑いながら番頭が答えた。

「そうか。では、帰ろうか。いや、長居をした」

瑞紀へ顔を向けて、衛悟が促した。

「はい。お邪魔をいたしました」

一礼して瑞紀が続いた。

三

しばらく無言で歩いた二人は、水戸家上屋敷の塀《へい》に突き当たったところで、ほっと肩の力を抜いた。

「なんとか無事に役目を果たせました」

瑞紀が頬を緩めた。

「おつきあいをいただき、かたじけなかった」

衛悟は礼を述べた。

「いけませぬ」

微笑みながら、瑞紀が首を振った。

「あなたさまは、わたくしの夫となり、いずれは立花家の当主となるのでございます。妻に対して礼を言うのではなく、ご苦労であったと労ってくださるべき」

「気を付けましょう」

叱《しか》られた衛悟は、苦笑した。

「さて、大島屋には娘はいなかった。では、誰だ」

「そこまでは無理でしょう。もう、本来の家へ戻ってしまったでしょうし、その娘と名乗っていた女の顔を知りませぬゆえ、これ以上の調べは」

瑞紀が終わるべきだと言った。

「そうだな。我らでできることはやった。あとは立花どの……いや、義父上《ちちうえ》さまにお任せるしかないな」

衛悟も同意した。

「戻ろうか」

「はい」

歩き始めた衛悟と瑞紀を二つの目が見ていた。

「奥右筆の娘婿《むすめむこ》ぞ」

「となれば、一緒にいるのは、奥右筆の娘か」

行商人の形《なり》をした二人が、さりげなく衛悟と瑞紀の後をつけはじめた。

「大島屋へ入って行ったの」

「うむ」

「名物の黒糖を購《あがな》いに来たとしても不思議ではないが……」

「我ら伊賀組《いがぐみ》同心と違って、奥右筆組頭であれば、黒糖を買えて当然だの」

二人は、伊賀者であった。伊賀者の禄は三十俵三人扶持、年になおしておよそ十二両から十三両にしかならない。そこで一斤二朱からするものなど買えるわけがなく、生涯砂糖の味を知らずに終えるのがほとんどであった。

「そんなわけなかろう。あの立花ぞ」

「うむ」

伊賀者二人が顔を見合わせた。

「奥右筆もおかしいと感じたのだな。初島さまのお末の交代を」

「であろうな」

大奥警固のお広敷伊賀者も、この時期に交代した女中に疑念を持っていた。

「探索に来たと考えるべきだな」

「我らでさえ、なにもつかめておらぬのだ。さしたことはできてはおるまいが……」

衛悟と瑞紀の背中ではなく、足下を見ながら、伊賀者二人がついていった。これは、背中が気配に敏感だからであった。とくに首筋など少し見つめただけで、剣術遣いには気づかれてしまう。

「どうする。四郎《しろう》」

「……組頭さまより、奥右筆への手出しは禁じられた」

四郎が言った。

「それでいいのか」

「……よいわけなかろう、黒蔵《こくぞう》」

一瞬詰まった四郎だが、強く否定した。

「仲間をやられれば、復讐《ふくしゅう》を果たす。これは、伊賀が忍の郷としてなりたったときからの掟《おきて》」

「だが、藤林どのは、伊賀が滅びるとして止められた」

「ゆえに死んだのだ。それも組屋敷へ押し入った女忍の手でな。あのような恥はない」

黒蔵の言いぶんを四郎が切って捨てた。

「伊賀の名門藤林は、地に落ちた。惣領は、跡を継ぐこともできず、伊賀へ追いやられた。あれは掟を破った報いじゃ」

一夜、組長屋で殺された藤林喜右衛門の一件は、伊賀組を震撼《しんかん》させた。忍がその本拠へ入りこまれ、四名の見張りを失ったうえ、頭領を討たれたのだ。家斉襲撃の余波で、普段の倍の伊賀者が大奥へ詰めていたとはいえ、醜態であった。このようなことが外に知られては、伊賀の面目は丸つぶれとなる。藤林喜右衛門は、急病死として届け、事実を隠蔽《いんぺい》するしかなかった。となれば、伊賀の掟である復讐も表だっておこなうことはできなくなる。掟を果たせば、藤林の死の真相があきらかになり、幕府を偽ったとして伊賀者全体へ咎《とが》めがいく。すでに伊賀に忍としての価値はない。かろうじて、大奥警固として存続しているだけである。その大奥で将軍が襲われるのを防いだとはいえ、敵にやすやすと侵入を許したのは事実なのだ。

大奥の警固さえまともにできないとの印象を将軍と幕閣に与えてしまった。そこで、己の砦《とりで》にひとしい組屋敷が襲われ、頭領を討たれたなどと知られれば、忍失格の烙印《らくいん》が押され、伊賀組の解散は確定する。

掟も組があってのことだ。伊賀組がなくなってしまえば、掟も決まりも意味などない。今回の一件は、伊賀組全体で秘することが決まった。

それに異を唱えたのが、藤林の息子であった。

「父を殺されて、黙っておれというか」

己のいないところで、話が決まったのも気に入らなかった。伊賀同心は、当主でない限り、会合や相談に参加することはできない決まりである。また、組頭も世襲職ではなく、組頭が隠居するときに、ふさわしい者へ譲るという形をとっている。

父を殺された被害者といえども、変わることはなかった。

「伊賀は当主となるについて、郷での修行をすませねばならぬ。それまで、藤林の家督は、組で預かる」

藤林喜右衛門の死を受けて、復帰した先代の組頭が命じた。

「なにを……」

「連れて行け。三人で伊賀の郷へな」

見張りをつけられた藤林の惣領は、昨日《きのう》江戸を無理矢理に去らされていた。

「報復の掟を組の総意で潰した」

黒蔵が嘆息した。

掟を自ら曲げた。これは、二度と掟を口にできないのと同じである。伊賀が数百年続けてきた歴史を捨てた。

「変わらねばならぬか」

「柘植の隠居の言葉だの」

先代の組頭である柘植が、会合で変化を口にした。

「もう、乱世ではない。いつまでも変わらなかったから、伊賀は世に捨てられ、衰退した」

柘植の言うことに、反発は出た。しかし、現状が語っていた。

「天下泰平の世に忍は、不要なり。だが伊賀者は、幕府の一員として生きていく道を失うわけにはいかぬ」

乱世で、伊賀者の需要は大きかった。伊賀者を味方に引き入れた大名が勝つとまでいわれていた。また、伊賀はいつでも主を変えられた。金をもらい約したことは完遂《かんすい》するが、そのあとまでしばられない。昨日の敵に雇われるのも常であった。探索だけでなく、敵の城下を不安に陥れる乱破《らっぱ》の術、敵将を闇に葬る刺客、敵陣へ火を放つなど、乱世、伊賀の仕事は無限であった。

だが、天下は徳川が治め、戦《いくさ》はなくなった。忍の用途も変わった。忍は、幕府が大名を潰すための、探索専門となった。その探索の任を八代将軍吉宗は、お庭番へ移した。

衰退する伊賀を何とかしたい。代々の組頭が腐心した。そして藤林は、天下を狙う一橋、執政筆頭として復権をはかる松平定信へ近づいた。その二股《ふたまた》を解消した直後に、頼った松平定信に使い捨てにされそうになった。

「伊賀者が手柄を立てることはなくなった。ならば、せめて失策だけはせぬようにせねば、伊賀者とその家族、合わせて四百からの者が生きる術《すべ》を失う」

柘植の話は、伊賀者たちの心を打った。

「藤林も組のために動いた。今の苦境を招いた元凶ではあるが、咎められぬ。なれど、このままにはできぬ」

「……………」

まさに伊賀は断絶寸前であった。

「伊賀は、大奥の番人になりきる」

「それは……」

「忍の誇りを捨てろというか」

「先祖の名前を汚すことになるぞ」

さすがに柘植の宣言は、波紋を起こした。

「では、どうするのだ」

「…………」

「それは……」

「今までどおりでよいのではないか」

「機を待てば……」

問う柘植に誰もまともな答えを返せなかった。

「待つ余裕などないわ。明日潰されても文句のいえぬ失態をおかしたのだぞ」

あっさりと柘植に言われて、一同は沈黙した。

こうして、伊賀は大奥の番人として生きていくと決した。

その場に黒蔵も四郎もいた。

「理屈はわかる。あのときは、そうすべきだと吾《われ》も思った」

四郎が言った。

「だが、残された者の気持ちを思うと……いや、そのような状況に己がなったときのことを考えれば納得できぬ。伊賀は一人働きという。これは甲賀が群れねばなにもできないというのに対し、伊賀は一人で同じだけのことをしてのけるとの自負である。と同時に単独で敵地へ入ることがほとんどだとの意味も持つ。敵中孤立が当たり前。それを平然とこなせるのは、あとの心配をせずともよいからだ。己が捕まれば、なんとしてでも助け出そうとしてくれる。殺されたならば、その仇《かたき》を取ってくれる。なにより残された者の面倒は組が見てくれる。その安心があればこそ、伊賀者は任に命を懸けられる」

「そうじゃな」

大きく黒蔵もうなずいた。

「しかしだ、伊賀の掟が守られないとなれば、決死の覚悟などできまい。奥右筆の問題だけが別だとか言うなよ。一度でも例外を作れば、それは慣例となる。掟はなくなってしまったのだ。もう、誰も助けに来てくれぬ、仇を討ってくれぬ、残された者の面倒も見てくれぬ。こうなってしまえば、誰が血を吐く思いまでして修行を積み、忍になろうと思う。吾ならお断りじゃ」

「…………」

衛悟の背中を見ないように努力しながらも、感情を波立たせる四郎へ、黒蔵が黙った。伊賀は組内でしか交流しないだけに皆が身内のようなものだ。その身内を殺されて仇を討てない。仇討ちは武士の決まりでもある。日頃、化生《けしよう》の者と嘲《あざけ》られている忍だけに、武士に負けたくないとの想いもある。黒蔵の沈黙は同意の表れであった。

「死んでいった仲間たちは、我らに後事を託したのだ。それを裏切れるか。立場を入れ替えて考えてみろ。我らが死んでいたかも知れぬと思えば、我慢できることではないぞ。なにより、伊賀が変われば、あの修行の日々が無駄《むだ》になる。常人とは違う。この矜持《きようじ》があればこそ、低い身分、少ない禄《ろく》でも耐えられた。それを捨てるなどできぬ」

熱の籠《こ》もった口調で四郎が宣した。

「奥右筆組頭を敵に回せば、伊賀組は終わるぞ」

「伊賀の仕業とわからねばいい。手裏剣《しゆりけん》は遣わぬ」

落ち着かせようとした黒蔵へ、四郎が返した。

「おぬしはどうなのだ」

四郎が訊いた。

「……腹に据《す》えかねておるとも。先夜、藤林どのの供をして、あやつに斬られたのは、吾《わ》が幼なじみであった。同じときに伊賀の郷で技を学んだ。死ぬ思いを一緒に重ねてきたのだぞ」

暗い声で黒蔵が答えた。

伊賀組同心にとって、家督を継ぐ条件である伊賀の郷での修行ほどきついものはなかった。家康に誘われず、伊賀に残るしかなかった連中に教えを請うのだ。嫌がらせとしか思えないことも毎日された。修行中の怪我など当たり前、死ぬ者も出る。

それだけに、一緒に苦労した者の結束は強くなる。生き残るために、互いの命をかけ、守りあう。親兄弟以上の絆《きずな》が生まれる。

「どうだ。最後の機ぞ。伊賀者が伊賀者であるとの証《あかし》、やられた者の復讐を果たす。伊賀が伊賀でなくなる前に、伊賀が死ぬ前にやらぬか」

「…………」

誘う四郎に黒蔵が悩んだ。

「最後の伊賀者に、二人でなろうぞ」

「……最後の伊賀者か」

黒蔵が繰り返した。

「よし、やろう」

小声ではあったが、はっきりと黒蔵が言った。

「このまま鬱々《うつうつ》とした気持ちを抑えて生きていくなど、御免《ごめん》だ」

「おう」

四郎が応じた。

「他人目《ひとめ》はどうする」

白昼の江戸だ。行き交う人がとぎれることはなかった。

「追い抜きざまにやるか」

忍である。後ろから何気なく近づくなど朝飯前であった。至近になったとき、左手に隠し持った太針を目標の右脇腹へ突き刺す。右脇腹には肝の臓がある。人体のなかでもっとも大きい臓器だけに、外すことなどない。そして、脳、心の臓に次ぐ急所のうえ、肝の臓自体はほとんど痛みを感じないため、気づかれにくいという利点があった。

針が皮膚と筋肉を突き刺す一瞬の痛みをごまかせれば、まずばれなかった。

さらに肝の臓への針では、即死しないというのもよかった。人によって差は大きいが、二日から三日して高熱を発し、数日で死にいたる。そのころには、刺客の顔など誰も覚えていないし、いつやられたかさえわからなくなっている。いや、他人の手で死をもたらされたと気づくこともなく、急死として人生を終わるのだ。

「針は」

「あるぞ」

黒蔵が告げた。

「毒は」

重ねて四郎が訊いた。

「もってきておらぬ。今回の任は、大島屋の見張りだけのはずだったからな」

目立たぬように黒蔵が首を振った。

「それに毒の持ち出しには、組頭の許しがいる」

「であったな」

四郎が嘆息した。

伊賀でも甲賀でも、薬物のことは秘密であった。いや、すべての忍が隠していた。毒にしても薬にしても、相手に知られれば対抗手段をとられる。解毒剤を作られてしまえば、毒はまったく意味がなくなってしまうのだ。どこの忍も薬物を作るのは、代々一子相伝で製造法を受け継いできた者だけであり、作りあげた薬も厳重に管理されていた。

「針で十分」

黒蔵が強い口調で言った。

「うむ。娘はどうする」

肩に担《かつ》いだ荷をなおすように揺らしながら、四郎が瑞紀を見た。

「掟に照らせば、一族皆殺しが決まりだが」

「娘までやると、奥右筆が黙ってはおるまい。奥右筆の権は大きい。それこそ奥医師や、町奉行を動かすこともできる。いかに針が小さいとはいえ、少し目端《めはし》のきく町同心なら見逃さぬ。刺して数日生きていれば、針の傷は消えるが、肝の臓の腫《は》れはごまかせぬ。奥医師に腑分《ふわ》けでもされれば……」

表情をゆがめて黒蔵が述べた。

「あきらめるか」

「欲をかくのはよくないの。引き際を見極めることこそ、よき忍だと、修行のころ散々言われた」

二人の意見が一致した。

「昼をかなり回っているが、中食《ちゅうじき》を摂《と》るようすもないな」

四郎が難しい顔をした。

「奥右筆組頭の娘が、外で飯など喰《く》うまい」

黒蔵が応えた。

まともな武家は外食をしなかった。外で食べるとなれば、あらかじめ予約をいれた料理屋などへ行く。道で腹が空いたから、その辺りの店で蕎麦《そば》でもたぐろうかとはならなかった。まして、屋敷から出るのは墓参りていどで、人前で食事する姿を見られるのは、恥と考えられている武家の娘が外食するなどあり得なかった。

「このまま帰るか」

「奥右筆の屋敷は、たしか麻布箪笥町だった。かなり距離もある。そのうえ、足の弱い女連れだ。隙はできる。かならずな」

自らへ気合いを入れるように、黒蔵が述べた。


「お疲れではありませぬか」

すでに往復で一刻半（約三時間）以上歩いている。衛悟は瑞紀を案じた。

「大事ございませぬ」

瑞紀が気丈に微笑んで見せた。

しかし、日頃は屋敷の敷地から出ない瑞紀が、江戸の町を南北に縦断するほど歩いたのだ。足取りが重くなるのは当然であった。

「少し休みましょう。喉《のど》が渇きましたので」

衛悟は己が茶を飲みたいということで、瑞紀の遠慮を押さえこんだ。

「……はい」

申しわけなさそうに、瑞紀がつぶやいた。

「ちょうどそこに茶店がございまする」

あらかじめ衛悟は、茶店を見つけていた。

「奥を借りたいがよいか」

衛悟は店の前に立っていた茶汲み女《ちゃくみおんな》へ素早く銭を握らせた。

「はい。どうぞ」

心付けを受け取った茶汲み女が、にこやかに二人を店の奥へと案内した。

「茶と団子を二つ頼もう」

屏風《びょうぶ》で仕切られた奥の座敷へあがった衛悟が注文した。

「あと、これを水で濡らし、絞って来てくれぬか」

懐《ふところ》から手拭《てぬぐ》いを衛悟が出した。

「はい」

茶汲み女が愛想よく受けた。

「すみませぬ」

座敷で瑞紀が小さくなっていた。

「なにを。わたくしの喉が渇いただけでござる。瑞紀どのをこのような場所へお連れしたとわかれば、叱られますゆえ、義父上さまには内密に願いまする」

「ありがとうございまする」

衛悟の気遣いに瑞紀が礼を言った。

伊賀者二人の足が止まった。

「おい」

「ああ」

黒蔵と四郎が顔を見合わせた。

「これこそ、天の、いや、殺された者たちの配剤ぞ」

「そうよの。このようなところで、茶店に入ってくれるとはの」

二人が興奮した。

「いかぬ。気がうわずってしまった」

最初に黒蔵が吾に返った。

「であったの」

あわてて四郎も呼吸を整えた。

「入るぞ」

「おう」

黒蔵と四郎は、茶店へ近づいた。

「おいでなさいませ。どうぞ、床机《しょうぎ》へおかけを」

茶汲み女が手で、席を示した。

「ちょっと荷を見たいのでね。奥を借りたいのだが」

すっと黒蔵が波銭《なみせん》を数枚握らせた。波銭とは、寛永通宝《かんえいつうほう》の裏側に波形が刻まれた銭で、一枚四文として通用した。

「お武家さまのご夫婦がお休みでございまする。あまり騒がしくしていただくわけには参りませんが」

もらった金額の嵩《かさ》の差もあり、茶汲み女が渋った。

「もちろん、迷惑はかけない」

言いながら四郎も、出されたままの茶汲み女の掌《てのひら》へ波銭を数枚追加した。

「本当ですよ」

念を押して、茶汲み女が先導した。

それほど大きな茶店ではない。奥の座敷は一つしかなく、その座敷を屛風で半分に割って、二組の客が入れるようにしてあった。すでに奥側には、衛悟たちが入っていた。

「御免《ごめん》を」

「お邪魔をいたしまする」

座敷へ上がるとき、衛悟と目があった二人は、小腰を屈《かが》めて、挨拶《あいさつ》をした。

「…………」

無言で衛悟はうなずいた。

「茶だけでいいよ」

座敷へ腰を下ろして黒蔵が告げた。

「はい」

心付けをもらってしまえば、客がどれだけ金を遣おうが、茶汲み女には関係ない。団子などを売りつけようともせず、茶汲み女が厨房《ちゅうぼう》へと引っこんだ。

「あとで返してもらえるかの」

四郎が銭入れを懐へ戻しながら言った。

「今度のお頭《かしら》次第だの」

黒蔵が小声で述べた。

「荷を調べなければの」

降ろした背中の荷を検める振りをしながら、二人が屏風ごしに衛悟たちの気配を探った。

「お待たせをいたしました」

茶汲み女が、茶と団子と、固く絞った手拭いを衛悟たちの席へ持って来た。

「ああ」

受け取った衛悟は、まず手拭いを瑞紀に渡した。

「これを足首にあてられるとよい。後ろから包むようになされれば、足の火照《ほて》りがかなり良くなりまする」

「はい」

素直に受け取った瑞紀だが、なかなか手拭いを使おうとしなかった。

「どうされた」

「あの、少し向こうを」

恥ずかしげな瑞紀に、ようやく衛悟は気づいた。武家の女は足首から上を他人目に晒さないのがたしなみであった。

「これは気づかぬことを」

衛悟は後ろを向いた。

「すみませぬ」

しばらくして瑞紀が小声を出した。

「いや。茶をいただこう。腹も空いた」

まだ瑞紀をまともに見ることなく、衛悟は団子へ手を伸ばした。

「この位置からでは難しいな」

黒蔵が首を振った。

「厠へ行く振りで横を通るときに、よろけた体《てい》で……」

「それしかなかろう」

四郎の言葉にうなずいて、黒蔵が立ちあがった。

「退路は頼むぞ」

「任せろ」

大きく首肯した四郎が、懐から拳《こぶし》半分ほどの固まりを取り出した。

忍は万一を考える生きものである。失敗はかまわないのだ。ただ、その場から逃げ出せないことを咎める。失敗は貴重な経験であり、その情報を持ち帰ることにこそ、意味がある。失敗した状況、相手の技量、これらを手にできれば、次はかならず成功する。ゆえに、忍はどれだけ意地汚くてもよいから、生きて帰らなければならないと教えられていた。

「おい、厠はどこだい」

黒蔵が茶汲み女へ問うた。

「その奥を右へ、一度店を出てくださいませ」

「わかったよ」

答えた茶汲み女へ手をあげて、黒蔵が衛悟の横を通り過ぎようとして、よろめいた。

「こいつは、すいや……」

手のなかに忍ばせた針を、衛悟の脇腹へ撃ちこもうとした黒蔵が息を呑んだ。己の右手が、衛悟に摑《つか》まれていた。

「くっ」

あわてて離れようとした黒蔵は、おもわず顔をしかめた。衛悟の手がすさまじい力で、黒蔵の拳を握りしめていた。

「何者だ、おまえら」

衛悟は冷静に問うた。

「こいつ」

空いている左手の指を立てて、黒蔵が衛悟の顔を襲った。

「甘いわ」

すでに衛悟は脇差《わきざし》の鯉口《こいぐち》を切っていた。握っていた手を離すなり、脇差で抜き撃った。

「ぎゃっ」

肘《ひじ》から先を飛ばされた黒蔵が呻《うめ》いた。

「黒蔵」

屏風の陰から四郎が顔を出し、援護に出ようとした。

「えいっ」

瑞紀が身体で屏風を押し倒した。幾度となく戦いに巻きこまれた瑞紀である。恐怖で身体が竦《すく》むほど柔《やわ》ではなくなっていた。

「……わっ」

予想していなかった瑞紀の動きに四郎が対応できず、屏風へ巻きこまれた。

「えいっ」

膝立《ひざだ》ちした衛悟が、脇差を投げた。

「ぐえええええ」

屏風ごしに貫かれて四郎が死んだ。

「…………」

傷を抑えながら、黒蔵が逃げようと背を向けた。

「血の跡を残して、行ってくれるか。よい証になるわ」

その背へ衛悟が声をかけた。

「……つっ」

黒蔵の足が止まった。

「せめて道連れに」

左手を失い、右手もまともに動かない。それでも黒蔵は右手の針を武器にもう一度迫った。

「目を閉じておられよ」

瑞紀に告げた衛悟は、太刀を水平に薙《な》いだ。

「ぎゃっ」

突きだした右手を真っ二つに裂かれた黒蔵が絶叫した。

「な、なぜ」

黒蔵が倒れながら問うた。

「大島屋の前にいたであろう」

「それだけで……」

「後を付けてきてるかどうかはわからなかったが、これだけ離れて同じ茶屋に、しかも、幾ばくかの心付けを払わないと使えない奥座敷まで一緒。みょうだと思うであろうが。行商人は茶店で休むときは、金のかからない床机を使う。商品を検めるのも床机でする。そうすれば、商品を見た者から声がかかり、そこから商いになるやも知れぬ。他人目につきたがらない商人など、怪しい者と決まっているわ」

衛悟が語った。金のない柊の次男坊だったとき、衛悟唯一の贅沢《ぜいたく》が一串四文で食べられる律儀屋《りちぎや》の団子であった。そこで、衛悟は茶店での庶民たちの交流を見ていた。

「止《とど》めは要るか」

「要らぬ……ぐっ」

衛悟の情けを断って、黒蔵が舌を噛んだ。

大きな音を立てて、黒蔵が倒れた。

「きゃああああ」

その音で吾に返ったのか、ようやく茶汲み女が悲鳴をあげた。

第四章　留守居《るすい》の力

一

寛永寺《かんえいじ》を島津重豪《しげひで》が参拝に訪れた。

将軍家祈願所であり菩提寺《ぼだいじ》でもある寛永寺を参拝する大名は多い。といったところで、将軍家の祥月命日《しょうつきめいにち》など、特定の日に集中するので、なにもないときに来る者はまずいなかった。

「不意にお邪魔をいたし、申しわけのないことでございまする」

「お気になさらず。出家の門は、いつでも開かれておりまするゆえ」

将軍家御台所《みだいどころ》の実父である島津重豪ともなると、相手に出るのは門跡《もんぜき》である公澄法《ほっ》親王《しんのう》となった。

「お参りでございますかな」

公澄法親王が訊《き》いた。

「いいえ。人と会いに」

島津重豪が否定した。

「人と……」

寛永寺を待ち合わせの場所にする。あまりのことに公澄法親王が驚いた。

「わたくしでございまする」

案内も請《こ》わず、島津重豪と公澄法親王が対面している客間の襖《ふすま》を開けて、深園が入ってきた。

「深園……まさか」

公澄法親王の目が、深園と島津重豪の間を行き来した。

「驚かれるほどのことなどございませんでしょう。先日の大奥法要の一件、御台所さまご実父島津公のご尽力なければ、なりたたぬことでございまする」

「あれは、松平越中守《えっちゅうのかみ》どのの手配であったはず……」

深園へ公澄法親王が確認した。

「手配はさようでございますが、いかにもと老中筆頭とはいえ、こちらから大奥で法要を開けなどと押しつけられませぬよ」

微笑《ほほえ》みながら、深園が答えた。

「では」

公澄法親王が、島津重豪を見た。

「御台所さまへ法要をお勧めはいたしました」

「なんということを。姫どののお立場を危うくするやも知れませぬのに」

「うまくいっていれば、立場が悪くなることはありませなんだな」

淡々と島津重豪が述べた。

「なっ」

言葉を公澄法親王が失った。

「どうされまするか、今後の話を島津さまといたすつもりでお出でいただきました。宮様もご同席なさいますか」

「本来ならば、わざわざここまで足を運ばなくともすんだものを」

深園と島津重豪が、公澄法親王を責めた。

「お山衆《やましゆう》も壊滅いたしましたので、お話に加わられる意味はございませぬ」

冷たく深園が出て行けと言った。

「……わかった。席を外させてもらおう」

肩を落として公澄法親王が、客間を出ていった。

「肚《はら》のないお方だ」

島津重豪が吐《は》き捨てた。

「天下を望むなら、きれいごとだけではどうしようもないことくらい、歴史が語っておるだろうに」

「宮家や公家の最たるお方でございますから」

深園が小さく笑った。

「先祖は武力でこの国を手にしたというのに、その子孫たちは争いごとを嫌うどころか、血を不浄なものとして忌避《きひ》する。それでいて、天下を手にしたいなど、虫がいいにもほどがあろう」

武をもって鳴る島津家の当主だけに、重豪も剣術をあるていどたしなむ。武家らしい、天下は力で取るものという発言に、深園が笑った。

「よろしいのでございますよ。朝廷はあれで」

「ほう」

「武で天下を手にする。それは、また武によって奪われることでもございましょう。

豊臣をご覧あれ。天下を治めていたのはたったの二代。今や、子孫さえ残っておりませぬ。武をもって得た天下を徳川に奪われ、滅ぼされてしまったのでござる」

「それが世の常であろう。平氏、源氏、足利《あしかが》、豊臣と天下は次の覇者によって持ち回りにされてきた。そして、徳川のものとなった。この間、朝廷はなにかされたか。ああ、後醍醐《ごだいご》帝が数年だけ天下をものにされていたな。あれも武であった」

「その代わり、滅びましたな。後醍醐帝のお血筋は」

あっさりと深園が切って捨てた。

「朝廷の神髄は、武ではございませぬ。名でござる。天下を武士が奪い合っている間も、朝廷は無事に続いておりました。唐《から》の歴史をご覧になればおわかりになることでございまするが、あの国は、王朝が変わるごとに、先の王朝は滅びまする。しかし、本朝の天皇家は連綿と続いておりまする。今までの覇者たちは、天皇家を利用しようとしましたが、誰も滅ぼそうとはいたしませなんだ。いや、一人だけおりましたな」

「誰だ」

「織田信長。あの者は、朝廷を滅ぼそうと画策していた。ゆえに、殺されたのでございまする」

問われた深園が告げた。

島津重豪が口にした。

天下の覇者への道をひた走っていた織田信長は、天正《てんしょう》十年（一五八二）六月二日、家臣であった明智光秀に謀反《むほん》され、京で討たれた。その後、光秀を滅ぼした豊臣秀吉が天下を統一、その死後徳川家康によって秀吉の遺児秀頼《ひでより》が倒され、徳川の世が成立した。

「あれは朝廷の仕業か」

当時の京は、完全に信長の支配下にあった。一人二人を使った狙撃ならまだしも、一軍を率いて京にいる信長を襲うことなど、できるはずもなかった。

「詳細を知っている者は、とうに御仏のもとでございますが」

深園が口の端をゆがめた。

「哀れよの。光秀は道具として使い捨てられたか」

「光秀が道具であることは、まちがいございませんが……」

最後を深園が濁《にご》らせた。

「使う者がおらねば道具は意味ありませぬ」

「朝廷ではないのか」

「本能寺《ほんのうじ》の変か」

島津重豪が息を呑《の》んだ。

「朝廷は、お膳立てをしただけ。道具を選んで使ったのは、別の者」

「誰だ、それは」

「気づかぬ振りでございまするか」

深園が下卑《げび》た笑いを浮かべた。

「……豊臣秀吉か」

「秀吉……あれも道具だと言えば、どうなさいまする」

低い声で深園が島津重豪をうかがった。

「なんだと……では……いや、ありえん。己《おのれ》が天下を取るには、秀吉が死ぬまで待たねばならぬのだぞ。人の生き死になどいつになるかわからぬ。そのような分の悪い賭けになど乗れるか」

島津重豪が驚愕《きょうがく》した。

「人の生き死にがいつになるかわからぬ。たしかに天寿を待てば、そういえましょうなあ。信長を本能寺で屠《ほふ》ったのに、秀吉の天寿を待つ理由はありますまい」

「…………」

冷静な深園の言葉に、島津重豪が沈黙した。

「これは失礼をいたしました。本日は歴史をひもとく会ではございませなんだな」

詫《わ》びながら深園が、背中に隠していた風呂敷を、島津重豪の前へ押し出した。

「これは……」

島津重豪が風呂敷の中身を問うた。

「爆薬でござる」

「……爆薬」

あわてて島津重豪が、伸ばしていた手を引っこめた。

「大事ございませぬ。この爆薬は、火の気がないかぎり爆発いたしませぬので。その代わり、火縄の粉が散っても破裂いたしますが」

「これをどうすると」

深園の説明に、島津重豪が訊いた。

「女捨てかまりにお渡しいただきたい」

「これを遣《つか》えと言うか」

さとった島津重豪が目を剝《む》いた。

「爆薬は油紙に包まれて、薄くなっておりまする。帯の間や懐《ふところ》に入れたところで、目立つことはございますまい」

風呂敷を開いて、深園が爆薬を見せた。

「隅から火縄が出ておりまする。ここに火を付ければ、十数《とお》えるほどで爆発すると
か」

「威力は……」

島津重豪が尋《たず》ねた。

「爆薬を中心に一間四方にいる者は助からぬとのこと」

深園が語った。

「一間四方か……」

「もっとも相手と密着していれば、捨てかまりと目的の身体《からだ》が盾《たて》になるので、ほとん
ど周囲へ被害は及ばぬのではないかということでございまする」

「試したのか」

「まさか。人を試しで死なせるなど、御仏に仕える者のすることではございませぬ」

しゃあしゃあと深園が言った。

「捨てかまりと家斉はよいと申すか」

「僧侶は人を助けるのが役目。対して武家は敵を滅するのが役目でございましょう。

まして、薩摩の捨てかまりは、死兵。すでに死んでいる者と聞きまする。いわば、死

者がさまよっている状況。引導を渡してやるのは坊主の仕事」

「ぬけぬけと」

さすがの島津重豪が、憎々しげに深園を睨《にら》んだ。

「我らが求めるものも、公の望むものも、ともに一つのもの。手に入れるのに、相応の犠牲が要《い》ることくらい、お覚悟はできておられましょう。まさか、公まで、座っていれば、欲しいものが上から落ちてくるとお考えではございませんでしょうな」

失望の顔色を深園が浮かべた。

「お嫌ならば、お引きくださってもよろしゅうございます。いくらでも代わりの者はおりますれば」

「薩摩以外にできるものなど、おるまいが。加賀《かが》にしても、毛利、仙台にしても、天下を狙うだけの気概など、とうにないわ」

島津重豪が嘯《うそぶ》いた。

「大名だと申した覚えはございませぬが」

深園が小さく首をかしげた。

「……大名ではない」

「大奥でございますからなあ。大名の手は入りにくうございますな」

意味深げに深園が笑った。

「側室どもか」

思いあたった島津重豪が大きな声を出した。

「お騒ぎになられませぬよう願いまする。ここは将軍の御霊の眠るところでございますれば」

「よくいう」

島津重豪があきれた。

「家斉の跡を吾《わ》が子にと考えている側室ならばやりかねぬか。将軍の生母となれば、五代将軍の母桂昌院《けいしょういん》、七代将軍の母月光院《げっこういん》を見るまでもなく、権は思うがまま。一族を大名に引きあげるのもたやすい。だが、将軍の兄弟の母となれば、おおいに落ちる。どこぞの大名の養子となるか、十万俵ほどの捨《す》て扶持《ぶち》で将軍家お身内衆となるか。どちらにせよ、生母にはなんの力もない。家斉が死ねば、落飾して御用邸へ下がり、死ぬまで読経《どきょう》の毎日を過ごすだけ。その差は大きすぎる」

すでに家斉は、嫡男竹千代《たけちよ》の死去を受けて、次男敏次郎《としじろう》を跡継ぎにと命じていた。だが、このようなもの、どうにでもなった。敏次郎が死ねば、白紙へ戻る。

「さようで。将軍家を謀殺して、その罪を敏次郎君のご母堂お楽《らく》の方さまへ押しつければ……謀反人の血を引いているとなれば、お世継ぎの座から降ろされるのは当然。さすがに殺すとは思えませぬが、終生流罪は確実」

「あとは、時期を見て刺客を送れば……後腐れはなくなる。やるであろうな、大奥の女どもならば」

深園の言いぶんを、島津重豪は認めた。

「ところで、一つ忘れてはおらぬか」

島津重豪が、頬《ほお》をゆがめた。

「余が、すべてを知っているということを」

「知っていてどうなると」

まったくどうでもいいことのように、深園が応えた。

「話せますか、どなたかに。大目付《おおめつけ》、いや、老中にでも告げられまするか。そのとき、どうしてこのことを知っているのかと訊かれることは必定《ひつじょう》。どう説明なさるのか」

「うっ……」

将軍を謀殺する企《くわだ》てなのだ。知っているというだけで疑われる。

「かつて由井正雪《ゆいしょうせつ》の乱で、紀州徳川頼宣《よりのぶ》公は、正雪を知っていたということで十年の帰国禁止を言い渡されました。神君家康公のお子さまだからこそ、それですんだ。これが幕府が潰《つぶ》したくてたまらない外様の島津となれば、どうなりましょう」

「……………」

脅されて島津重豪が沈黙した。

「このようなものを遣えば、初島へも累《るい》はおよぶ。ひいては茂の立場を危うくするではないか」

「藩の潰される怖れを今後共に抱き続けまするか、それとも姫一人の犠牲で、末代までの安泰を手にされまするか。なにも失わずに、実りだけ欲しいは、あまりでございましょう」

冷たい目で深園が島津重豪を見た。

「わかった」

氷のような声と態度に、豪儀な島津重豪が引いた。

二

衛悟から報告を受けた併右衛門は深く思案した。

「襲撃してきた連中は、大島屋を見張っていた」

「はい」

「商人の風体をしていたというが、おそらく忍《しのび》。伊賀者か」

「伊賀は先日、かかわらぬと申しておったように思いまするが」

思い出すように衛悟が言った。

大奥での将軍襲撃を見抜いた併右衛門から忠告を受けたおかげでお広敷《ひろしき》伊賀者は、なんとか任を果たせた。しかし、大奥のなかへ襲撃者を入れたのは、伊賀者の失策である。それに気づかず、探索方でない奥右筆《おくゆうひつ》から教えられたと世間に知れれば、伊賀者の面目は失墜《しっつい》する。口封じにと伊賀者は併右衛門を殺しにかかって、衛悟の返り討ちにあった。そのとき、伊賀者組頭の藤林は二度と併右衛門へかかわらないと宣して去っていった。

「どうやら、その組頭が急死したようだ」

併右衛門がため息を吐《つ》いた。

伊賀者はお目見え以下である。家督相続も旗本とは違う。お目見え以下は、奥右筆へではなく、支配頭《がしら》への届け出という形を取った。

支配に関しても伊賀者は複雑であった。

待遇改善を求めて幕府へ叛旗《はんき》を翻《ひるがえ》した四谷長善寺《ちょうぜんじ》立て籠《こ》もりの影響で組を割られた伊賀者は、その組ごとで支配が変わった。お広敷伊賀者は、お広敷番頭《ばんがしら》の管轄《かんかつ》であり、その支配は留守居《るすい》になる。

したがって、お広敷伊賀者の家督相続は、お広敷番頭へ届け出て、留守居の許可を待つ。もちろん、家督相続に否《いな》やが出されることはまずないので、そのまま認められる。その後、留守居から、奥右筆部屋へ書付《かきつけ》が回るという形を取った。伊賀者を始めとする御家人の家督相続も奥右筆の筆が入らなければ、効力は発しない。だが、その実態は、支配の花押《かおう》さえあれば、内容を見ることなく追認されていた。

また伊賀者は、幕府のなかでもっとも軽い身分であった。だけに、その組頭の交代など、誰の興味も引かず、江戸城で噂《うわさ》になることもなかった。

ために、併右衛門が知ったのも書付が回ってきた今日になってからであった。

「組頭の約束が反故《ほご》となった……」

衛悟があきれた。

「組頭が死んだといっても、その約束は生きておりましょうに。やはり忍というものは、信じるに値せぬ連中でございますな」

伊賀者の節操のなさに、衛悟が驚いた。

「なにも伊賀者だけではないわ。昨日《きのう》言ったことを、今日翻す。そのようなこと、役につけば、いくらでも見るぞ。奥右筆は、それを防ぐのも任である。書付は証拠となるからの」

併右衛門が述べた。

「といって、このまま放置してはやらぬ。奥右筆を怒らせれば、どれだけ怖いか。伊賀者に思い知ってもらう」

はっきりと併右衛門が断じた。

翌朝、併右衛門は留守居から回ってきた伊賀者藤林家の家督相続願いと、あらたな組頭として柘植が復帰する旨《むね》を書いた書付をもって留守居を訪ねた。

「なんじゃ。奥右筆組頭が来るとは珍しいの」

執務部屋で留守居の本田《ほんだ》駿河守《するがのかみ》和成《かずなり》が、併右衛門を迎えた。

留守居はその名のとおり、将軍が江戸を離れたとき、残って城のすべてを管轄する役目である。大目付と並んで旗本の顕職であり、多くの役職を歴任した老練な役人が任じられた。その席にある間、留守居は城主格となり、下屋敷を与えられる。他にも、次男までがお目通りを許される格別の扱いを受けた。

ただ、その職責が老中とかぶることも多く、幕初から徐々に権限を奪われていった。また、将軍が外出することのほとんどなくなった今では、まずその名前の仕事を果たすことはなくなったが、それでも五千石高で、天守番頭《てんしゅばんがしら》、富士見《ふじみ》宝蔵《ほうぞう》番頭、弓槍《ゆみやり》奉行を始めとして、二十をこえる役を支配していた。

「立花へ、茶を出してやれ」

併右衛門の顔が厳しいのを見て取った本田駿河守が、家臣へ命じた。

「はっ」

家臣が部屋の片隅に切られた炉で湯を沸《わ》かし始めた。

これも留守居の特権であった。将軍の留守を預かる格式は高い。留守居は、将軍に万一があったとき、江戸城を把握する役目をもつことから、交代で宿直《とのい》をおこなう。

そのとき、食事や就寝の世話をする家臣を同行できた。

家臣を江戸城に連れて入る。譜代大名にさえ認められていないことが許されている。これは、将軍が留守居へ絶対の信頼を与えているとの証《あかし》でもあった。

「どうぞ」

家臣が併右衛門の前に茶碗を置いた。

「ありがたく頂戴《ちょうだい》いたしまする」

併右衛門は、家臣にではなく、本田駿河守へと頭を下げた。

「で、何用じゃ」

本田駿河守が、併右衛門が茶を含むのを待ってから問うた。

「この書付につきまして、お願いがございまする」

併右衛門が伊賀者の家督相続願いと組頭就任の届けが記された書付を、本田駿河守の手元へと差し出した。

「……どうかしたのか。奥右筆組頭が自ら足を運ぶほどのものではないと思うが」

本田駿河守が訊いた。

「わたくしにお預けを願えませぬか」

「……ふむ」

理由を言わず、頼む併右衛門へ、本田駿河守が鋭い目を向けた。

「噂は本当であったようじゃな。奥右筆組頭とお広敷伊賀者が争っているという噂は」

「…………」

無言の併右衛門を気にせず、本田駿河守が続けた。

「手打ちもなったと聞いたが、それは違ったか」

「それは……」

併右衛門が驚愕した。

留守居は江戸城を知り尽くしていなければ、務まらない役目である。先日の刃傷《にんじょう》の一件から、ついこの間の大奥法要のことまで、本田駿河守が知っていて当然であった。だが、藤林と併右衛門の和解の会話は、江戸城を出てのこと、余人に知られるはずはなかった。

「意外か。留守居は伊賀者を差配する。かつて一度反乱を起こした伊賀者じゃ。動向を詳《くわ》しく知らねばなるまい」

「まさか、伊賀者のなかに……」

伊賀組内部のことを、伊賀者以上に知る者はいない。

「それ以上は口にするな。留守居だけが受け継ぐ秘事である」

厳しい声で、本田駿河守が併右衛門を制した。

「五千石も役高をいただくのだ。遊んでいては話になるまい」

本田駿河守の表情が緩んだ。

「畏《おそ》れ入りまする」

併右衛門は感嘆した。

「大奥法要の裏を見抜き、上様のお命を救った奥右筆というのもそなたか。伊賀組が潰されずにすんだ恩人だというにな」

「…………」

答えようのない併右衛門は、頭《こうべ》を垂れたまま聞いた。

「少し灸《きゅう》をすえるのもよかろう」

書付を本田駿河守が受け取った。

「これでよいか」

書付に入れてあった本田駿河守の花押が墨《すみ》で潰されていた。

「かたじけのうございまする」

併右衛門はていねいに礼を述べた。

「のう、立花」

「はい」

話しかけられた併右衛門が応じた。

「奥右筆というのは、書付だけで、あそこまで見抜くものか」

「……はあ」

どう言えばいいのかと、併右衛門は本田駿河守の言葉の続きを待った。

「大奥でもし上様がお傷でも負われていたら、儂《わし》を含め、お広敷を管轄するすべての者は咎《とが》めを受けていたであろう。感謝しておる」

「いいえ。書付を精査するのがわたくしどもの役目でございますれば」

「いや、それだけではなかろう。大奥法要の許しをえる書付を、奥右筆ではなく、表右筆にさせたということだけで、異変を察知するなど生半《なまなか》でできることではない」

「畏れ多いことでございまする」

褒《ほ》められた併右衛門が一礼した。

「どうじゃ。儂のもとへ来ぬか。役高も奥右筆組頭では合うまい。お広敷御台所様用人として手伝ってくれぬか」

本田駿河守が誘った。

奥右筆組頭の役高は四百俵、役料は二百俵と低い。対してお広敷用人は役高五百石、役料三百俵を給される。殿中席次でも勘定吟味役《かんじょうぎんみやく》の次席でしかない奥右筆組頭より、お広敷用人のほうが上である。

「ありがたいお話ではございまするが、わたくしごときに御台所様用人は務まりませぬ」

一考もせず、併右衛門は断った。

「愛想のない奴じゃの。少しは考えよ。まあ、たしかに奥右筆組頭の余得は長崎奉行に次ぐという。役料には替えられまいが……御台様用人も馬鹿にしたものではないぞ。大奥へ出入りしている商人、したいと願っている連中から、いろいろと届くそうだぞ」

苦笑しながら、本田駿河守が再考をうながした。

「たしかに、それもございまするが……わたくしは知りすぎました」

率直な本田駿河守へ建前で答えるのを併右衛門は止めて、本音を語った。

「なるほどの。奥右筆組頭の権が、かろうじて守ってくれている。はずれれば口を封じられるか」

すぐに本田駿河守が気づいた。

「ならばしかたあるまい。いずれ、権が不要となったときは、遠慮なく呼び寄せるぞ」

「その節は、よしなに願いまする」

本田駿河守へ感謝の意を示して、併右衛門は辞去した。

留守居の部屋を出て、すぐ併右衛門はお広敷伊賀者詰め所へ赴《おもむ》いた。

「邪魔をするぞ」

奥右筆組頭と伊賀者組頭の身分差は、留守居と奥右筆組頭よりも大きい。なかからの応答を待たず、併右衛門は障子《しょうじ》を開けた。

「なにを」

お広敷伊賀者組頭代理の柘植が驚いた。

「どなたさまでございましょう」

「無駄なまねはよせ」

氷のような声を併右衛門が出した。

「……御用のほどは、奥右筆組頭さま」

柘植があきらめた。

「これを返しに来た」

懐から出した書付を、併右衛門は投げた。

「……つっ」

書付を見た柘植が絶句した。本田駿河守の花押が潰されている。これは、許しが取り消されたとの意味であった。

「なぜかまで言わせるなよ。そちらが約定《やくじょう》を守らなかったのだ。相応の報いは覚悟してのことであろう」

併右衛門は立ったままで柘植を見下ろした。

「やはり、あの者どもは……」

交代の刻限になっても二人の伊賀者は戻ってこなかった。当然、二人の伊賀者の行《ゆく》方《え》は探された。

「場所が場所だけに、まさかとは思いましたが……」

茶店で武家に襲いかかった二人の商人の死は、江戸中の評判となった。大島屋からはあまりに離れたところでのことだ。それも大島屋の見張りの任から考えれば、ありえないことであった。もし、大島屋へ不審な人物が近づいたならば、一人が後を付け、もう一つは後詰めとなって、万一の連絡を果たす。それをなさずに二人が同じところで、侍に斬られた。名乗らずに侍が去ろうとも、その状況から想像できることは少なくない。

「申しわけございませぬ。あれは、二人が勝手にしでかしたこと」

「二人の勝手で殺されたかも知れぬのだぞ。そのような言いわけがとおるとでも思ったのか」

詫びる柘植を併右衛門は突き放した。

「お怒りはごもっともでございまする。しかし、多くのお広敷伊賀者に責はございませぬ。なんとか」

柘植は平身低頭した。

「なぜ、儂《わし》が折れてやらねばならぬのだ」

「……………」

正論に柘植が言葉を失った。

「今後、伊賀者の家督相続いっさいは、とおらぬと思え」

「お広敷伊賀者が滅びる」

柘植が息を呑《の》んだ。家督の交代ができなければ、当主の死亡による追加ができなくなるのだ。

「そのようなこと、御上が許されるはずは……」

「花押に墨を置かれたは、本田駿河守さまぞ」

「げっ」

聞かされた柘植が呻《うめ》いた。

支配頭も了承しているとなれば、伊賀の命運は尽きたも同然であった。

「どうすればお許しをいただけましょうか」

柘植は折れるしかなかった。

「お広敷伊賀者全員の署名が入った詫《わ》び証文《しょうもん》を二枚用意せい」

言葉ではもう信用しないと併右衛門が証拠を要求した。

「二枚……」

枚数に柘植が怪訝《けげん》な顔をした。

「一枚は吾が手に。もう一枚は奥右筆の書庫に保存する」

「奥右筆の書庫」

柘植が首をかしげた。

「盗めると思うなよ。奥右筆の書庫は火災にも対応している。壁のなかには鉄の板が仕込まれている。天井板にもな。なにより、幕府創成から作られたすべての書付の写しがあるのだ。その数、万をこえる。そこから一枚を取り出すことなどできぬ。だからといって、火をつければどうなるかはわかるな」

「伊賀の仕業と」

「証拠など要るまい。この証文は、奥右筆全体のものとして、代々周知させていくのでな」

「金に替えては……」

「伊賀が用意できるていどの金に困ってはおらぬわ」

代々の伊賀を縛《しば》ることになる詫び証文をなんとか避けようと柘植が提案したが、あっさりと併右衛門は拒んだ。すべての書付をあつかう奥右筆は、便宜を願う者たちからの付け届けでかなり裕福だった。

「詫び証文が出るまで、伊賀の書付はすべて廃棄する。よく思案することだ」

娘と娘婿《むすめむこ》を襲われた併右衛門の怒りはすさまじかった。

そう言うと、併右衛門は後も見ずに、伊賀者詰め所を出た。

併右衛門の要求は伊賀者を浮き足だたせた。

「詫び証文など、伊賀の矜持《きょうじ》にかけて書けぬ」

「もとは掟《おきて》を破ろうとした藤林が悪い」

反対を声高に叫ぶ者もいる反面、おとなしく併右衛門の求めに応じるべきだという者も多かった。

「出さねば伊賀が潰れる。留守居さままで向こうについては、勝負にならぬ」

「紙切れ一枚ではないか。それ以上なにも求めていないのだ。金をよこせと言われなかっただけましだと思わねば」

決着はつかなかった。

「数日を争うほどのことではない。一同、冷静になって考えてくれ。皆の意見が一致せねば意味がない。でなければ、今回と同じことをやる者がまた出てくる。ただ、断れば伊賀は滅びる。すでに探索方は伊賀にない。大奥の警固《けいご》もお広敷番を増やせば、ことたりる。伊賀の居場所が幕府からなくなるのだ。そのことを念頭においてくれ。屈したくないというならば、浪人の決意をせよ。だが、組を離れると決めた日から、家も禄《ろく》も失う。この覚悟はしてくれ。あと、幕府を追い出された我らを抱えてくれる大名、旗本などはないということもな」

柘植が述べた。

「それでは、膝《ひざ》を屈するしかないではないか」

若い伊賀者が反発した。

「いや、生きていく方法ならいくらでもある。腕を生かして商家の用心棒をするもよし。技を使って猟師になることもできよう。商人になるのも簡単であろう。我らは放下の術ができるのだ」

放下とは、変装のことだ。手慣れた忍は、僧侶、商人になるのはもちろん、女や老人に化けることもできた。名人ともなれば、女になって一夜男の相手をしても、気づかせないといわれている。

「三日後にもう一度、集まってくれ。その場で決を採る。できれば全員一致を理想とするが、納得のいかぬ者は、組を去ってくれ。対して、署名をした者は、決して奥右筆とその縁者に手出しをしないことを誓ってもらう。伊賀とわからねばよいだろうとの甘い考えは捨てよ。そして……」

一度言葉を切って柘植が一同を見回した。

「残っていながら、裏切った者には組が制裁を与える」

柘植の言いぶんに一同が静まりかえった。

「組を出た者には、制裁は関係ないと」

「当然じゃ。伊賀者でなくなった者の責任まで負う約束はしておらぬ」

問われて、柘植が答えた。

「ただし、組と繋《つな》がりがあると疑われるのは困る。組を出た者とのつきあいは、親子兄弟であろうとも断ってもらう。金や米の援助などしていたとなれば、組は無関係と言えぬ」

柘植が条件を口にした。

「あまりに厳しすぎぬか。食べかねている縁者を扶助するのは、人としての情であろう」

壮年の伊賀者が、異を唱えた。

「その言いわけを奥右筆が認めるとでも」

「…………」

言われた伊賀者が黙った。

「では、解散」

閉会を柘植が宣した。

三

併右衛門の要求をその場で決裁しなかった影響は大きかった。先だって藤林が併右衛門との手打ちを独断したことで一同の反発を招いたとの懸念からだったが、己で決断することになれていない伊賀者にとって、組に残るか去るかの問題は重すぎた。お広敷伊賀者は、一人でいて悩み、二人になっては議論し、三人をこえては付和雷同と動揺した。

伊賀者が揺らいでいるあいだに、薩摩から御台所茂姫への荷が着いた。

「おそれながら、中身をお伺《うかが》いしたい」

大奥の入り口で、お広敷番が荷の入った長持《ながもち》を検めた。といったところで、御台所宛《あて》である。蓋《ふた》を開けて中身を触るわけにはいかない。よほど、疑義があった場合は、長持を留めて、目付とお広敷用人立ち会いのもとで蓋を開けることもできるが、今まで一度もなかった。

「衣類と小間物でございまする」

薩摩から荷についてきた用人が答えた。

「おい」

「はっ」

お広敷番に命じられて、待機していた二人の伊賀者が、置かれた長持を持ちあげた。

「軽うございまする」

持ちあげた長持の重さを身体で量って、伊賀者が告げた。

これは、かつて大奥へ長持の底へ忍んで入りこんだ者がいたことから、すべての荷に対しておこなわれる検査であった。

「よし。では、御台所さまのお付き衆へお報《しら》せを」

こうして長持は奥女中の手に渡された。

「次は」

「御台所さま付きの年寄《としより》初島どの宛へ、ご実家よりの荷でございまする」

荷についてきたのは、大奥出入りの商人であった。大奥出入りという看板を維持するためには、中﨟などの高級大奥女中の機嫌を取らなければならない。雑用を引き受けるのも、商売の一つであった。

「蓋を開けよ」

お広敷番が命じた。

「はい」

商人が店の手代を使って、蓋を開けた。

「中身は……着物と帯と……」

「白粉《おしろい》、紅など、わたくしども山城屋《やましろや》へご注文いただいたものでございまする」

揉《も》み手《て》をするようにして、商人が声を張りあげた。

七つ口は大奥の関門である。表の男役人もいるが、大奥の女中たちも詰めている。店の名前を言うだけでも大きな宣伝であった。

「この油紙に包まれたものはなんだ」

中身を検めていたお広敷番が訊いた。

「黒砂糖だそうでございまする」

山城屋が伝えた。

側《そば》に居た伊賀者は二人とも、今後のことに想いを巡らせていたため、油紙へ注意を払わなかった。

「そうか」

芝居見物や花見など、容易に出かけられない大奥女中の楽しみは、着道楽と食い道楽しかない。食事のおかずなども贅沢《ぜいたく》であったが、甘いものもよく食べられた。黒砂糖と言われてお広敷番の興味は終わった。

「よろしい。初島どののお局衆を」

こうして長持は、大奥へ入った。

一橋治済は、庭の四阿《あずまや》で読書をしていた。

「あきたの」

治済が書物から目を離した。

「お茶を用意いたしましょうや」

四阿には絹がいた。

江戸城に比べれば、万事緩やかな一橋屋敷ではあるが、さすがに側室を居室へ入れるわけにはいかない。日中、愛妾《あいしょう》を手元に置きたいと思えば、その部屋へ行くか、庭を使うしかなかった。

「酒がよいの」

「はい。しばしお待ちを」

四阿を出た絹が、離れたところで待機している小姓《こしょう》を手招きした。

「なにか」

「お館さまが、酒《ささ》をご所望でございまする」

「承知した」

うなずいて、小姓が小走りに去っていった。

「片付けよ」

戻ってきた絹へ、治済が本を指さした。

「もう……」

読まないのかと絹が小首をかしげた。

「松平越中守が、いつも引き合いに出しておったゆえ、どれほどのものかと思って、見ただけじゃ」

治済が手を振った。

「四書五経……たしかに書いていることはよい。だが、そのように世間がうまくいくものか。人が生きるということは、汚いことなのだ。生きものの命を奪って喰《く》らい、己の身としたあと、糞にする。聖人君子といえども、飯を喰わねば死ぬ。女を抱かねば、子はできぬ。死にたくなくとも死なねばならぬ。うらやみ、妬《ねた》むのが、人の本質。己一人、それを捨てられたところで、どうなる。この国におる何万、いや、何百万の人を変えることなどできるものか。変えられるにしても、何年かかるか。おそらく一代や二代で完成はせぬ。そんな先のことなど、考えてどうなる」

「…………」

滔々《とうとう》と語る治済を、絹が微笑《ほほえ》みながら見上げた。

「人は、今を生きるもの。百年先のことなど、知ったことでない。先のことはそのときの為政者が考えるであろう」

「はい」

絹が同意した。

「余が将軍となったならば、五年先以上のことに手をかけぬ。凶作で今飢《う》えている者に、来年は豊作だと言ったところで意味はない。新田を開発するのも五年は要《い》らぬ。

結果をすぐに出せるものだけに金を遣う。政《まつりごと》をおこなう者は、まず民《たみ》の生活を安定させてやらねばならぬ。先の話は、それからじゃ」

「仰《おお》せのとおりでございまする」

「あと合議も止めにする。合議にすれば、いろいろな意見が集まってよいというが、悪いことも多い。合議にしてしまえば、失敗したところで誰も責任を問われぬ。今回の大奥法要がよい例じゃ。家斉が襲われたというに、誰一人責を負っておらぬ。言い出した太田備中守《びっちゅうのかみ》さえ無事だからな。これでは、いかぬ。余はすべての政で担当の老中、若年寄を決め、うまくいけば引きあげてやる代わりに、失敗したおりは責任を取らせる。咎を受けるかもしれぬとなれば、少しは真剣になるであろう。そうせねば、老中どもはいつまで経っても、覚悟のない役立たずのままじゃ」

吐き捨てるように、治済が言った。

「そういえば、伊賀も無事であったな。家斉らしい。許すことで伊賀を懐《ふところ》に入れたか」

大奥警固の伊賀者にも咎《とが》はなかったことを、治済が笑った。

「なにやら伊賀は揺らいでいるようでございまする」

絹が告げた。

「そなたが、伊賀の組頭を討ったからではないのか」

「いえ、兄をお召しくださいませ」

問う治済に、絹は冥府防人を呼んでくれと頼んだ。

「鬼よ」

「これに」

四阿の天井から、冥府防人が降り、治済の前で平伏した。

「なにかあったのか」

「江戸城に忍んでおりましたところ、このようなことが……」

冥府防人が伊賀者と併右衛門のやりとりを話した。

「おもしろいの。伊賀はどう決断するのであろうな」

「おそらくお広敷伊賀者六十四名、うち今は七名欠けておりまするが、五十名以上が残り、五、六名が離れるのではないかと」

推測を冥府防人が語った。

「この泰平の世では、伊賀も生き場所がないからの」

治済が鼻先で笑った。

「しかし、それでも五名ほどは、反するか」

「裏で糸を引く者も出ましょう」

「越中守か」

松平定信の名前を治済があげた。

「いえ。あのお方は伊賀を売りました。さすがにもう」

冥府防人が首を振った。

「では、誰だ」

「太田備中守さま」

「あやつに伊賀を引き受けるだけの肚《はら》があるか」

治済が疑問を呈した。

「はぐれた伊賀どもが、売りこみましょう。十名として年に百石ほどやればすみます る。それで影を手に入れられるならば安いと、お考えになりましょう。なにより大奥法要のことでは、ともに併右衛門に煮え湯を飲まされた仲でもありまする」

「傷をなめ合ったうえで、共闘するか。情けないの」

嘲笑《ちょうしょう》を治済が浮かべた。

「いかがいたしましょう」

「助けたいのであろうが」

尋ねる冥府防人へ、治済が言った。

「いや、己の手で片を付けたいのであろう」

「……………」

より深く冥府防人が頭《こうべ》を垂れた。

「うらやましいか」

「お館さま」

冥府防人が顔をあげた。

「ただ思うがままに生きていて、その道が光り輝いている。そなたとは違いすぎるな。なんと申したかの、奥右筆の警固役は」

「柊衛悟、いえ、今は立花衛悟でございまする」

絹が答えた。

「そんな名前であったか。まあ、余が覚えるほどの者ではないがの」

治済が少しだけ目を大きくした。

「余の大望の前に立ちはだかると言うほどではないが、何度も目のなかに入ってくるのは、不快である。家斉に名前を知られているというのもうっとうしいわ。家斉のことじゃ、あの者を道具として使ってこよう。それくらいのことができねば、将軍などやってられぬ。いざというとき、将軍のために死ぬのが旗本じゃ。そのために代々無《む》駄飯《だめし》を食わせているのだからな。遠慮なく家斉は行使してくるぞ。家斉は情を捨てられる為政者としての素質を持っている。松平越中守の言うように、あやつは将軍たる性質じゃ」

冷静に治済は家斉のことを評価していた。

「家斉のことはいい。いずれ戦うのだからな。……のう、鬼よ、そなた、どうしたいのだ」

「…………」

冥府防人が黙った。

「同じく名を失う者としての共感か」

「そのようなこと……」

あわてて冥府防人が否定しようとした。

「それとも、同じく権力の道具として使い捨てられる境遇に同情したか」

冥府防人を無視して、治済が続けた。

「……うっ」

思わず冥府防人が息を呑んだ。

冥府防人の本名は望月小弥太《もちづきこやた》といい、甲賀《こうが》の名門望月家の嫡男であった。普通にしていれば、いずれは甲賀組頭となったのはまちがいなかったが、小弥太はそれで満足できなかった。

「望月家を引きあげる」

かつて甲賀の地侍の名門として知られた望月家は、土佐守《とさのかみ》を称するほどであった。しかし、今は幕府の甲賀組に属する与力でしかなかった。お目見え以下、仕事といえば江戸城大手門の警固、同心でしかない伊賀者よりましなだけの境遇に若い小弥太は我慢できなかった。

その野心に田沼主殿頭《とのものかみ》意次がつけこんだ。将軍家治の寵愛《ちょうあい》で権力の座にあった田沼主殿頭は、次代の不安を抱えていた。寵臣は、その主君の死とともに身を引かされるのがならいである。権を維持し、子々孫々へ伝えたいと考えた田沼主殿頭にとって、家治の嫡男家基《いえもと》は鬼門であった。家基は幕政を壟断《ろうだん》している田沼主殿頭を嫌い、己が将軍となったときには罷免《ひめん》すると公言していたのだ。そこで、田沼主殿頭は優秀な忍である小弥太に、望月家の昇格を約して、家基を謀殺させた。

指示どおり鷹狩りに出た家基を毒殺した小弥太に与えられたのは、出世ではなく、刺客であった。かろうじて治済のもとへ逃げこむことで刺客の手から生き延びた小弥太だったが、将軍世子《せいし》を殺した謀反人として、望月の家から義絶され、名を失ってしまった。

「鬼がこれほど感情を露《あら》わにするとはめずらしいことよ」

治済が驚いた。

「そのようなことは……」

「どうでもいいことじゃ。余にとってはの」

言いかける冥府防人に、治済が被《かぶ》せた。

「余はの、この世を正したいと思っておるのだ。将軍を御輿《みこし》の飾りていどにしか考えておらぬ老中どもに、家臣の分というものを教えこんでやりたい」

治済が告げた。

「そなたが、その衛悟とやらをどうしようともよい。ただ、余の願いの妨《さまた》げになるならば、今のうちに除いておけ」

冷たい声で治済が命じた。

「承知いたしましてございまする」

冥府防人が平伏した。

約束の日は来た。

奥右筆部屋は老中といえども立ち入りを禁じられている。かといって、身分の高い者を低い者が呼び出すなど論外であった。

伊賀者組頭代行の柘植は、御殿坊主《ごてんぼうず》に併右衛門の呼び出しを願った。

「お忙しい奥右筆組頭さまをお呼びするなど、無理だ」

冷たく御殿坊主が拒んだ。御殿坊主は城内の雑用をこなすのが任であり、御用部屋や奥右筆部屋でも出入りできた。

御殿坊主は二十俵二人扶持《ぶち》と伊賀者同心より薄禄であるが、江戸城にいる役人や大名の身のまわりの世話をすることから、余得が多く、内証《ないしょう》は千石の旗本と並ぶほど裕福である。貧乏御家人の最たるものである伊賀者同心など、相手にはしていなかった。

「わかりもうした」

いかに裕福といえども、御殿坊主は士分ではない。身分からいえば、伊賀者同心が上になる。しかし、老中や若年寄などと顔見知りなのだ。怒らせれば、どこをどう回ってしっぺ返しが来るかわからない。

柘植は黙って引いた。

いかに寸暇もないほど忙しい奥右筆といえども、弁当も喰えば、厠《かわや》にも行く。柘植は、奥右筆部屋の見える廊下の片隅で、併右衛門が出てくるのを待った。

「では、弁当を使わせていただく」

一応の区切りをつけた併右衛門は、同役の加藤仁左衛門へ一礼して、立ちあがった。書付を汚すおそれがあるので、どれだけ余裕がなくとも奥右筆部屋での昼食はできない。お納戸口《なんどぐち》近くにある下部屋へ移らなければならなかった。

「立花さま」

奥右筆部屋を出たところで、併右衛門は呼ばれた。

「……おぬしか」

露骨に嫌そうな顔を併右衛門は見せた。

「これを」

風呂敷包みを柘植が差し出した。

「ほう。集まったか。何人だ」

「五十一名が署名いたしましてございまする」

柘植が答えた。

「六名は拒んだか。組内が一つにまとまらぬとは、伊賀の結束もそのていどか」

併右衛門が鼻先で笑った。

「で、その六名はどうするのだ」

「組を抜けまする。本日はさすがに難しゅうございまするが、五日以内に組屋敷を立ち退きまする。また、明日には絶家届けをお広敷番頭さまへお出しします」

淡々と柘植が言った。

「そうやって、伊賀とはかかわりのないものとするか。だが、書付と前例に関して、奥右筆以上の者はおらぬ。心しておけよ」

詫び証文を受け取りながら、併右衛門は釘を刺した。

「肝に銘じまする」

柘植がうなずいた。

「明日にでも、もう一度家督相続と組頭就任の願いを出すがいい」

返答を待たず、併右衛門は下部屋へと向かった。

夜、柘植の組屋敷へ組をはずれる六人が集まった。

「どうであった」

六人を代表して治田《はるた》儀作《ぎさく》が問うた。

「家督相続と組頭就任の許しは出た」

「そうか」

治田がほっとした。

「だが、おぬしらの動き次第だと言われたわ」

「ふん」

嘲《あざけ》りの笑いを治田が浮かべた。

「我らは、もう伊賀者ではない。幕臣どころか、武士ですらないのだ。明日から吾《われ》は、治田儀作ではなく、ただの儀作じゃ。その儀作がどうしようが、伊賀にはなんの影響も及ぼせまい」

「奥右筆を舐《な》めるな。あやつらは、書きものに精通している。幕府創設どころか、本朝開闢《かいびやく》の昔までさかのぼって、前例を探し出しかねぬ。もう、組を離れたおぬしたちに言えることではないが、うかつなまねは慎《つつし》んでくれ」

最後は頼むような口調になった柘植であった。

「うかつなまね……雇い主のご意向次第だな」

にやりと治田が笑った。

「やはり、太田備中守さまに囲われたか。あのお方は、大奥法要の引き金となりながらも、その裏に気づかなかったお人ぞ」

「それだけに、つごうもよかろう」

治田が述べた。

「では、明日には全員が組屋敷を出る。残された者のことは頼んだ」

「引き受けたが、さすがに謀叛《むほん》の罪だけは庇《かば》わぬぞ」

将軍を殺すようなまねだけはしてくれるなと柘植が念を押した。

「松平越中守に言われて、動こうとしたのを忘れたのか」

前の組頭藤林は、伊賀組の待遇保証と引き替えに、家斉の殺害を引き受けていた。その前の段階で、松平定信の裏切りを併右衛門に知らされたため、実行には移されなかったとはいえ、謀叛を企てたのは確かであった。

「儂はそのとき隠居していたゆえ知らぬ」

柘植が逃げた。

「たかが三十俵三人扶持にしがみつくから、伊賀はだめなのだ。やはり、忍は主を持つのではなく、野にあるべきであったな」

「太田家に抱えられるおまえがなにをいうか」

馬鹿にした治田へ、柘植が言い返した。

「我らは太田家に仕えるわけではない。奥右筆組頭を排除するために手を組んだのだ。太田家は我らに金を出し、我らは人を出す。ことがすめば、我らは太田家を離れるとの約定《やくじょう》じゃ」

治田が胸を張った。

「そのあとはどうするのだ」

「先のことなど、そのときに考えるわ。奥右筆を殺せば、当分遊んで暮らせるだけの金をもらうでな」

「一時の金など、すぐになくなるぞ。先の不確かな生活は、辛いぞ」

「忍に辛さなどない。世話になったな。いくぞ」

後ろで黙っていた五人を促して、治田が去っていった。

「組をまとめきれなんだか。これが伊賀を滅ぼすことになるかも知れぬな」

一人残った柘植がつぶやいた。

四

届けられた爆薬は、その日のうちに実咲と初音の手へと渡された。

「死ね、か」

帯の間に爆薬を挟《はさ》み、火縄の頭だけが見えるよう調整しながら、実咲が口にした。

「それが捨てかまりであろう。いつでも死ぬ代わりに、代々禄をいただいてきたのだ」

初音も仕込み終わった。

「死ぬのが怖いわけではないわ。好いた男もおらず、家族のことは藩が面倒を見てくれるゆえ思い残すこともない」

実咲が首を振った。

「いや、一つだけあったな」

帯の間の爆弾を撫《な》でるように実咲が胸に触れた。

「吾が子を胸に抱き、乳を吸わせてみたかった」

「……夢だったの」

少しの間を置いて初音も同意した。

捨てかまりも木石から産まれたわけではなかった。当然、親兄弟がいる。死ぬためにあるとはいえ、そう捨てかまりが登場する場面はない。普段は平穏な生活を送り、生き、そして寿命で死んでいく。

捨てかまりは、藩主を逃がすための捨て石。任に着くときは、まずまちがいなく死ぬことになる。そのとき、躊躇《ちゅうちょ》しては意味がなくなる。捨てかまりの任に出た者の家族は、手厚く保護される決まりであった。

「吾が胸に最初に抱いたのが、好いた男でもなく、吾が子でもなく、爆弾というのがな。あまりに寂しいと思っただけよ」

「爆弾で四散するも、槍で突き殺されるも、死に変わりはあるまい。いや、末期《まつご》の苦しみを味わわぬだけ、こちらがましかも知れぬ。古老に聞いたが、下手なところを突かれて死ぬまでときがかかるのは、辛いそうだ」

帯の具合を確かめながら、初音が言った。

「楽に死ねるか。捨てかまりとしては、極上の死にかただの。関ヶ原のおりは、矢が刺さり、槍で突かれ、太刀で斬られても、死なずに戦わねばならなかったらしいからの」

嫌そうな顔を実咲がした。

「まあ、我らが死ぬのは決まったのだ。問題は、このままおこなえば、当然初島さまは、責任を負わされ、さらに御台所さまへ累《るい》が及びかねぬということよ」

実咲の懸念は当然であった。薩摩から御台所へつけられた年寄のお末《すえ》が、家斉を殺したとなれば、罪は茂姫へも届く。

「後ほど、初島さまからお話しがあるであろう。そのあたりの手配は、捨てかまりの任ではないからの」

初音が述べた。

「たしかに。では、参るか」

身形《みなり》を整えた二人は、初島の前へ出た。

「覚悟はできたかと問うのも、無礼なのだろうな」

二人を迎えて、初島が人払いをした。

「…………」

無言で二人が首肯《しゅこう》した。

「けっこうである。そなたたちは、本日をもって宿下がりをしたことになる」

初島が計画を話した。

「大奥というところは、人の入るのにはうるさいが、出るのは簡単じゃ。とくにそなたたちのような部屋付きのお末など、誰も気に留めぬ。すでにお広敷には、お末二名宿下がりとの報せは出した。つまり、そなたたちは、すでに大奥におらぬことになっておる」

「では、どこかに隠れておれば……」

「この部屋への出入りは、見とがめられるやも知れぬゆえ禁じるが、大奥のなかは自在にしておけ。偶然、将軍の通ってきたところにお末がいても、誰も不思議には思わぬからの」

問う実咲へ、初島が言った。

大奥には、およそ一千人近い女中がいた。その大半が雑用をこなすお末なのだ。また、嫁入りの箔付《はくづ》けとして大奥へあがった町人の娘がほとんどということもあり、数年たたずに入れ替わることが多く、同じ局や親しくつきあっている局に属しているお末同士でなければ、まず顔見知りではない。

お末に与えられるお仕着せを着ていれば、目に付くことはなく、疑われなかった。

「では、どこで寝泊まりを」

さすがに見も知らぬ局で寝泊まりするわけにはいかなかった。また、法要の一件から大奥へ家斉は来ていない。捨てかまりは、二日や三日ならば、寝ずとも動きが鈍らないが、さすがに十日や二十日は無理である。

「長局《ながつぼね》には、いくつか空き部屋があろう。他人目《ひとめ》につかぬよう、そこで寝泊まりをいたせ。食べものについては大事ないな」

確認するように、初島が二人を見た。

「承知いたしましてございまする。食べものは、先ほどの荷に干《ほ》し飯《いい》が付いておりました。畏れ入りまするが、梅干しを少しいただきたく」

初音が願った。

炊《た》いた米を乾燥させた干し飯は、保存がきく代わりに、水なしでは食べられなかった。唾液《だえき》を分泌させる梅干しがあれば、水を手に入れられなくとも干し飯を食べることができた。

「わかった。持っていくがよい」

初島が許した。

「では、もう二度と会うことはないと思うが、任を果たせ」

「はい。お別れを申しあげまする」

「御免くださいませ」

かかわりはここまでだと告げた初島へ、実咲と初音がていねいに頭をさげた。

お広敷伊賀者の任は、大奥の警固《けいご》である。本来ならば、将軍の大奥入りがあるなしにかかわらず、屋根裏や床下へ忍んでの影警固をしなければならなかったが、騒動の余波で、そこまで手が回っていなかった。家斉の渡りがあるまで、伊賀者は大奥へ入らなかった。

一方でお広敷伊賀者を辞めた六名は、太田備中守《びっちゅうのかみ》の下屋敷へと身を移していた。

「家族連れはおらぬのか」

伊賀者の世話を任された太田備中守の腹心、留守居役田村一郎兵衛《たむらいちろうひょうえ》が問うた。

「身軽でなければ、忍働きはできませぬ」

治田が答えた。

「家族については、その身の安全を考え、国元で預かってもよいと思っておる。もし、妻女あるいは親兄弟などがあるならば、遠慮なく申せ」

「ありがたい仰せではございまするが、お気遣いは無用に」

はっきりと治田が拒《こば》んだ。

「そうか」

田村がおもしろくなさそうな顔をした。

「で、いつ奥右筆をやる」

「しばしときをおきたいと存じまする。我らが伊賀組を離れたことは、奥右筆も知っておりまする。今は用心しておりましょう」

問う田村に治田が述べた。

「では、いつならよいのだ。二年、三年と待つつもりか」

「仇《かたき》を討つためにならば、たとえ十年でも忍ぶのが伊賀者で」

「冗談を言うな。十年もおまえたちを飼うわけにはいかぬ」

田村が目を剝《む》いた。

「伊賀の仇討ちは、武家のものとは違いまする。武家は相打ちになっても、仇を討たねば家が再興できませぬ。それは継ぐだけの家があればこそできること。我ら伊賀者には家名などございませぬ。あるのは、己の技だけ」

「家名ならあるではないか。お広敷伊賀者という継ぐべき家が」

嘘をつくなと田村が怒った。

「いいえ。お広敷伊賀者など忍でござらぬ。伊賀は本来忍の技を売って、生きてまいりました。そう、伊賀は、仕事のたびに報酬《ほうしゆう》を受け取り、主従関係をもたなかった。すなわち、伊賀は仕事が終わると、次第によっては昨日の雇い主の敵に回ることもあったのでございまする。伊賀の技が敵に遣われる。それを怖れた神君家康公が、伊賀を丸々お抱えになった。代々徳川に縛り付けるために」

首を振りながら治田が説明をした。

「しかし、これはまちがいでございました」

「神君家康公のなされように、おまちがいなどないわ」

「明日の米の心配がない境遇。狼から犬への変化。伊賀者は飼われてはならなかったのでございまする」

口を挟んだ田村を無視して、治田が続けた。

「…………」

相手にされなかった田村が、鼻白んだ。

「伊賀は技を売りまする。何度も申しまするが、これこそ本来の姿。当然、技の善《よ》し悪《あ》しで、依頼の嵩《かさ》が決まりまする。依頼が増える。報酬が高くなる。これが伊賀者の善し悪しでござった。そしてなにより、腕の立つ者は生きて帰って来られまする。死んでしまえば、報酬ももらえず、そこで終わり。だからこそ、伊賀者は競って技に磨きをかけ、乱世を生き抜いて参りました。それが、腕の善し悪しにかかわらず、家名さえあれば喰える。そうなれば、修行を積む意味がなくなりましょう。腕が立とうが立つまいが、もらうものは同じ。それが伊賀を腐らせてしまった。ゆえに我らは、伊賀を本来の姿に戻すため、あえて、組を捨てたのでございまする」

「それと仇討ちに手間をかけるのに、どういうかかわりがあるというのだ。技に自信があるならば、奥右筆ごとき、どうにでもできようが」

田村が疑問を呈した。

「…………」

治田があきれた表情で田村を見た。

「伊賀は技を売る者。技を売るには生きていなければなりませぬ。ことをなしたからといって、己が傷ついたり死んだりしては、意味ございませぬ」

「打算か。やはり忍は武士ではないの。武士とは主命とあらば、また、名のために、命をかけられるものである」

田村が汚らわしいものを見るような目をした。

「わたくしどもは、誰にも仕えませぬ。主命はござらぬ。そして忍とは、静かなるもの。名を知られるのは、己の仕事を見られた証拠。どちらも、忍には縁のないこと」

はっきりと治田が宣した。

「……まあいい。こちらは仕事さえしてくれればいい。だが、徒食させるつもりはないぞ」

「当然でございまする。田村さま。我らの数をもう一度ご確認くださいませ」

「数……六名だろうが。一、二……えっ、五。五名しかおらぬ。さきほどはたしかに六人いたはず」

大きく田村が驚愕《きょうがく》した。

「いいえ。最初から五人で。おい」

治田が後ろにいる一人の忍へ、目で合図した。

「…………」

無言で、忍が懐《ふところ》から大きな布を出し、己の隣に布を使って人形《ひとがた》を作り出した。

「な、なんと。では、最初から五人しかいなかったのか」

「空蟬《うつせみ》の術と申しまする」

田村へ治田が説明した。

「では、残りの一人は……」

「昨日より、奥右筆に張りついておりまする。人というのは、長く緊張の続けられぬもの。まず、十日もすれば、つけいる隙《すき》は出て参るはず」

「十日か」

「多少の前後はございまするが」

日限を切ることを、治田は避けた。

「それくらいはわかっておるわ。では、約定《やくじょう》どおり……」

懐から田村が金を出した。

「半金でござるな。失礼してあらためさせていただきまする」

切《き》り餅《もち》をあっさりと治田が破いた。

「たしかに五十両」

治田が金を懐へしまった。

「成功したときに、残りをいただきまする」

「わかっておる」

田村が首肯した。

「それまで、この部屋を自在に使ってくれていい。ただ、屋敷の門限は四つ（午後十時ごろ）じゃ。それ以降の出入りはできぬ」

言い終えて、そそくさと田村が帰っていった。

「門は関係ございませぬ。忍に遮《さえぎ》るものなどありませぬ」

小さく治田が笑った。

急ぎ上屋敷へ戻った田村を、主君太田備中守資愛《すけよし》が待っていた。

「どうであった」

「いけませぬ」

田村が首を大きく振った。

「忠誠心の欠片《かけら》も持ち合わせておりませぬ」

武士にとって忠義こそ、その根本である。それを否定する伊賀者を毛嫌いするのは当然であった。

「忠誠心などどうでもよい。遣えるかどうかじゃ」

「……それならば、まちがいないかと」

騙《だま》されたばかりである。田村は渋々《しぶしぶ》認めた。

「ならばよい」

太田備中守がうなずいた。

松平定信に使われた結果とはいえ、太田備中守が大奥法要を言い立てた形になっている。しかも、奥右筆の反対を受けたにもかかわらず、表右筆を使ってまで強行したのだ。御台所の茂姫を守るため家斉がいっさいの咎めだてをしないと決めたおかげで、御用部屋にまだおられるが、大きな傷を負ったのは確かであった。他の老中たちも老中奉書へ署名しているためあからさまに責めてはこないが、いつかなんらかの形で太田備中守は御用部屋から離される。

権力を高め、いずれ大老となって、かつて先祖が城主であった江戸城に君臨するという太田備中守の大望は潰《つい》えた。

「余に恥をかかせた責は、とってもらう」

暗い目で、太田備中守が告げた。

「奥右筆を片付けた後のことだが……」

「……はい」

主《あるじ》の雰囲気が変わったことに、田村が気付いた。

「伊賀者どもをそのまま遣いたい」

「あまりあの者どもをお遣いなさるのは、お止めになったほうが……」

田村がやんわりと忠告した。

「……他の老中たちを排除させよ。老中が余のみになれば、御用部屋におり続けることができよう」

「それは……」

太田備中守の言葉に、田村が返答をためらった。

老中はおおむね譜代《ふだい》五万石内外で、そのほとんどが、若年寄、大坂城代、京都所司《しょし》代《だい》のなかから選ばれる。たとえ、老中が全員死んでも、すぐに補充はきいた。

「いや、それだけではいかぬな」

「なにを……」

田村が、息を呑んで太田備中守を見上げた。

「余の失策を知っている者が、もう一人おる」

「まさか、殿」

あわてて田村が制止しようとした。

「上様にも死んでいただこう。老中すべてを片付けたところで、上様がお亡くなりになれば、敏次郎君の傅育役《ふいくやく》は余しかおらぬ。老中筆頭で十二代将軍の傅育となれば、大老格を与えられて当然よな」

大老となることができる家は井伊《いい》や酒井《さかい》など決められている。それ以外は、一代の権力者であった柳沢美濃守吉保《やなぎさわみののかみよしやす》も田沼主殿頭意次も大老格にしかなれない決まりであった。

「…………」

田村が絶句した。

「そのあとは、伊賀者どもを始末せねばならぬの。ことの真相を知っておる者は、おらぬほうがよい。それに……忠義なき者は信用できぬ。のう、そうであろう、一郎兵衛」

　太田備中守が、粘つくような目で田村を見た。

「……は、はい」

　震えながら、田村が同意した。

「ふふふふふ」

　大きく太田備中守が笑った。

　衛悟のようすをうかがいに来た冥府防人は、しっかりと伊賀者の見張りに気づいていた。

「そこそこ遣えるな。伊賀としては上出来の部類だ」

　鼻先で冥府防人が笑った。

「あのような者にやられはすまいが、数で来られれば面倒か」

　冥府防人が独りごちた。

「おっ、出てきたの」

　衛悟が併右衛門を出迎えるために、屋敷から出てきた。

「うん……」

門を離れて少ししたところで、衛悟が目を右へとやった。

「ほう。伊賀の気配を感じたか」

衛悟の目の先に、伊賀者が潜《ひそ》んでいた。

「おもしろいの」

冥府防人がつぶやいた。

「伊賀に襲われることで、腕があがっている。剣の腕もだが、気配を感じる能も開花していく。まだまだ伸びしろがあるようだ。お館さまの邪魔をしようとした伊賀や松平越中守の気をそらしてくれれば上出来と思っていたが……その伸びがお館さまの障害となっては困る。きさまが、上様の道具となったとき……」

暗い笑いを冥府防人が浮かべた。

「吾《われ》がおまえを殺す」

冥府防人が宣した。

第五章　血の争い

一

伊賀から受け取った詫《わ》び証文《しょうもん》は二通あった。一通を奥右筆《おくゆうひつ》部屋の書庫へ仕舞《しま》いこんだ併右衛門は、もう一通をどうするかで悩んだ。

「屋敷へ持ち帰るというのもよくなかろう」

今はよかった。いや、衛悟の代までは、この詫び証文の意味を正確に理解できる。すなわち、遣《つか》わないということだ。

しかし、その子の代、いや、もっと先になると、どうなるかわからなかった。詫び証文を手にした経緯が忘れられれば、なにか伊賀に貸しがあるだけに見える。いつか子孫の誰かが、貸しを返せとうかつなまねをするかも知れない。

伊賀を脅《おど》す材料だけに、下手に遣えば大きな反動を喰《く》らいかねなかった。

併右衛門は、証文を手元から離すことに決めた。

「万一のとき、頼れる相手であることが望ましいな」

一人思案した併右衛門は、決めた。

「しばし、中座を」

「どうぞ」

加藤仁左衛門の許可をもらった併右衛門は、ふたたび留守居《るすい》本田駿河守《するがのかみ》を訪れた。

「やはり、儂《わし》のところへ来たか」

満足そうに本田駿河守が笑った。

「伊賀を扱えるのは、老中でも、目付《めつけ》でもない。あの者どもの死命を握っている留守居だけ。そのことに気づく者は少ない。さすがだの」

本田駿河守が併右衛門を褒《ほ》めた。

「それに伊賀の詫び証文など、一旗本の持つものではない。力と勘違いする者がでてこぬとはかぎらぬからな。身のほどを知っておるのもよい」

「やはりご存じでしたか」

併右衛門は苦笑しながら、詫び証文を出した。

「うむ。たしかに預かった。留守居で管理をしてくれる。ただ、なんの約もしてやらぬぞ」

「けっこうでございまする」

将来の子孫たちの保護について、留守居は保証を与えないと言う本田駿河守へ、併右衛門はうなずいた。考えようによっては、幕府が立花の家を守ると宣するに等しいのだ。そのようなものを要求するほど、併右衛門はおろかではなかった。

「ますます欲しくなったわ」

「…………」

返答できず、併右衛門は頭を下げた。併右衛門の立場は難しい。力はあっても身分が低いのだ。ここで本田駿河守の引き抜きを容認するような発言をすると、明日にも異動が命じられかねない。余得の多い奥右筆組頭になりたい者は多く、意のままにならぬ併右衛門を排して、代わりに己《おのれ》の息のかかった者を就任させたい老中にもことかかない。異動の命も奥右筆の署名がなければ効力を発しないとはいえ、いつまでも放置できるものではなかった。

「駿河守さま」

「なんじゃ」

詫び証文を文箱へ収めながら、本田駿河守が併右衛門を見た。

「少し気になることが……」

併右衛門は初島の局《つぼね》で交代したお末《すえ》のことを話した。

「大島屋に娘がおらぬのは、伊賀者から聞いておったが……。しばし、待て」

本田駿河守が、文机の隣に積まれた書付《かきつけ》の山を崩し始めた。

「お手伝いをいたしましょうか」

書付の取り扱いについて、奥右筆よりなれているものはいなかった。

「……よかろう。おぬしならば、お広敷のことを知っても他言すまい。そちらを探してくれ。ここ二日ほどの書付で、奥女中の出入りにかかわるものだ」

「はい」

併右衛門は、書付の山に手をつけず、横から眺《なが》めた。

「このあたりか」

山の上から少し下の書付を数枚、併右衛門は抜いた。

「……これでございますか」

すぐに併右衛門は目的の書付を見いだした。

「どういうことだ」

見ていた本田駿河守が目を見張った。

「墨の乾き具合、匂《にお》い、紙のしわなどで、おおむねいつ書かれたかはわかりまする」

「おそろしいものよな。奥右筆というのは」

本田駿河守が感心した。

「……ほう」

書付を読んだ本田駿河守が、声をあげた。

「見るがいい」

併右衛門は本田駿河守がそう言うまで待った。

「実咲、初音ともに宿下がりでございますか」

思わず併右衛門は驚愕《きょうがく》した。

「つい先日、ご奉公にあがったばかりの者が下がる。理由を見よ。一人は親の病、もう一人は婚姻《こんいん》とある。親の病気はまだいいが、婚姻はみょうだ。婚姻がわかっているならば、大奥へあがるなどありえぬ。数年先の約定《やくじょう》というならまだしも、一月《ひとつき》足らずではな」

「さようでございますな」

併右衛門も同意した。

「書付は二日前か。誰か七つ口の出入り帳を持ってこい」

「はっ」

留守居には与力十騎、同心五十人が付く。その与力の一人が、留守居部屋に詰《つ》め、雑用を担《にな》っていた。

「……お待たせをいたしました」

七つ口から控えを与力が持って来た。

「探せ。儂よりうまかろう」

「お預かりいたしまする」

帳面として綴《と》じられている書付を、併右衛門は繰《く》った。

大奥から女中が出るとき、切手書《きってがき》という役職の大奥女中への届出が要《い》った。宿下がりや所用で大奥を出る女中は、切手書へ申し出て手形のようなものを書いてもらう。そこには、女中の名前、年齢、所属している局、顔の特徴、髪型、身体《からだ》つきなどが、細かく記されている。こうすることで、入れ替わりを防ぐのだ。

大奥を出るときは手形を見せるだけですむが、戻るときは七つ口でお広敷番の検《あらた》めを受けたあと、手形を預けることになる。手形は、出入り帳へ綴じられ、保管される。もちろん、切手書のもとには元本が残っている。

「手形がございませぬ」

併右衛門が首を振った。

「帰ってきていないならば、手形はない。宿下がりで大奥を辞め、戻ってこないならば、手形は要らぬが……」

「親元を確認いたしまするか」

「それしかないな」

うなずいた本田駿河守が、与力に命じた。

「親元へ行き、本人がいるかどうか、確認して参れ」

「はっ」

与力がふたたび出ていった。

「駿河守さま」

「わかっておる。調べが間に合えばいいが……」

苦い顔を本田駿河守がした。

「御免《ごめん》」

そこへ小姓《こしょう》が顔を出した。

「上様、本日大奥へお出ましのよし。お内証《ないしょう》の方さまにご用意を」

小姓が用件を伝えた。

「承知いたした」

本田駿河守がうなずいた。

「まずいな」

「お止め申すわけには……」

「できると思うか」

併右衛門の言葉に、本田駿河守が首を振った。

「………」

将軍の意思を曲げるには、それだけのものがいる。たかがお末二人のことで、将軍の行動に制限は加えられなかった。

「留守居にかつての権があれば」

本田駿河守が悔《くや》しげに口にした。

かつて留守居は、将軍と二人きりで話をすることもできた。幕初は、老中に並ぶ重要な扱いを受けていたのだ。それが今では、老中の下僚に過ぎない。役目のことで将軍に会いたいとなれば、上役である老中をとおさなければならなかった。

「老中が信用できぬ」

太田備中守《びっちゅうのかみ》が大奥法要を強行させたことに本田駿河守は怒っていた。

「お目付に」

監察である目付は将軍と余人を交えずに目通りができる。

「目付はもっと面倒じゃ。下手をすれば、儂の足を引っ張りかねぬ」

併右衛門の提案を、本田駿河守が拒んだ。親でも罪に問うのが目付である。旗本の顕官《けんかん》留守居を蹴落《けお》とすなど平気であった。

「やむをえぬ。できるかどうかわからぬが……」

「どうなさいまするので」

立ちあがった本田駿河守へ、併右衛門が尋《たず》ねた。

「もう戻れ。ここから先は、そなたの立場で知ることは許されぬ。御台所様《みだいどころさま》御用人になったときに、教えてくれるわ」

本田駿河守が、併右衛門を排除した。

お内証の方は、家斉最初の側室であった。いや、家斉の初めての女であった。家斉がまだ西の丸にいて、御台所茂姫と婚姻をする前に手がついた。

当然、家斉の寵愛《ちょうあい》は深く最初の子供も産んだが、残念ながら早世していた。

「本夜、お渡りがございまする」

お使い番が大声で、大奥中へ家斉の来訪を告げた。

「お内証の方さま、お召しにございまする」

使い番が続けた。

将軍の伽《とぎ》に指名された側室は、夕餉《ゆうげ》の準備、湯屋の使用など、すべてにおいて優先された。もちろん、内証の方ともなると、己の局を持っていた。局には風呂も、台所も付いている。ただ、その準備で使用する薪《まき》や食材、井戸の水を運ぶお末に大奥廊下での優先通行の権が与えられた。

「お内証の方さまのお付きでございまする。水を運びおりまする。道をお譲りくださいますように」

風呂の湯とする水を井戸から運ぶお末が、廊下の中央を進む。他の局の女中たちは、あわてて端へよけた。中臈《ちゆうろう》といえども、避ける。もし、お末の邪魔をして、上様お成りまでにお内証の方の用意が調《ととの》わなかったならば大事になる。

「聞いたか」

「うむ」

実咲と初音が、顔を見合わせた。

「いよいよだの」

初音が意気ごんだ。

「干し飯にもあきていたところだ」

小さく実咲が笑った。

「内証の方といえば、七宝《しちほう》の間《ま》近くだの」

七宝の間は、出産間際の御台所、側室のために作られた産室である。大奥でも日当たり、風通しがよく、専用の井戸をもつ。薄暗く閉鎖された大奥において、かなり環境の良い場所であった。

内証の方は、家斉最初の子を産んだ関係で、妊娠したときから七宝の間近くに局を与えられていた。

「七宝の間に行っても意味はないぞ。家斉が来るのは、小座敷じゃ」

実咲が初音の言葉に反論した。小座敷は、大奥における家斉の居室である。江戸城の主とはいえ、将軍は、大奥の客なのだ。普通の屋敷でも、家の奥深くまで客を入れることがないように、小座敷も中奥との境である上の御錠口《おじょうぐち》、通称鈴の廊下から、すぐのところであった。

「小座敷近くにお末がうろつくわけにはいかぬであろう」

初音が首を振った。

いわば将軍の大奥における居室である小座敷に、犬と蔑称《べつしょう》されるお末が用もないのに近づくことは難しい。小座敷付きの中臈たちによって、目についたとたん、追い払われる。

「どうすると」

相方の案を実咲は訊《き》いた。

「側室付きのお末の振りをするのだ。添い寝の中臈のお末ならば、小座敷近くにいても、不思議ではない。咎《とが》められはするだろうが、それほど邪険にはされまい」

「どうやって紛《まぎ》れるのだ。内証の方の局にいるお末には、すぐにばれるぞ」

実咲が否定した。

「側室方の仲は悪い」

不意に初音が話を変えた。

「なにが言いたい」

「他の側室を家斉が呼んだとき、小さな嫌がらせがあることは日常茶飯事だと初島から聞いたであろう」

「…………」

黙って実咲が先を促した。

大奥には、何十人かの将軍側室候補がいた。

旗本で娘や妹を大奥へあげた者は、将軍の手が付くことを願っている。なにせ、将軍の手が付けば、出世できるのだ。愛妾《あいしょう》の実家というのは、なにかと気遣いを受けられる。まず、無役からは確実に脱せられる。役付きならば、もっと実入りのよいところへ異動できる。さらに子供ができれば、さらなる栄達《えいたつ》が待っている。まして、男子でも産めば大手柄。もし、その男子が世子に選ばれれば、実家は大名に列せられる。

娘を大奥へあげる家は、家斉の寵愛を買うように言い含める。

親や兄から、散々言われてくるのだ。娘もそれこそ、本望と考えている。まずは、家斉の手が付くことを願う。それがかなえば、子を欲しがる。

子供を授かるには、家斉に呼ばれなければならない。かといって、客を誘う遊女のように手紙を出すなど論外である。

そこで他の側室のもとへ、家斉が来るとわかったとき、さりげなく己のことを思い出してもらうように、手を打つ。

大奥は京風をまねている。将軍の御台所として、宮家、五摂家《ごせっけ》の姫が選ばれる慣例で、京の朝廷風を手本としてきた。

宮家、五摂家の姫がたは、己だけの合い印を持つ。合い印は、植物や鳥などから選ばれることが多い。もちろん、重なることがないように調整された。合い印が決まれば、自分のものすべてにその印を入れるだけでなく、橘《たちばな》の方さまとか檜《ひのき》の君などと呼ばれるようになる。

大奥でも、御台所から中臈まで、合い印を使っている。その合い印をさりげなく、家斉の通り道の目立つところへ置いておくのだ。

次はわたくしをお呼びくださいとの意思表示である。

本人がうろつくことは、さすがにはしたないので、それはお末の役目となる。

当然、今宵《こよい》の相手に選ばれた側室にしてみれば、邪魔である。せっかく家斉と一夜を過ごせるのだ。そのときに、他の女のことを思い出されてはたまったものではない。明日も、明後日も、己のもとへ通ってもらいたいのだ。

こうして合い印を置こうとする側室のお末とそれを防ごうとする共寝を命じられた側室方のお末が争う。

「側室付きお末の振りをするのはいいが、合い印のついたものなど急に手に入らぬぞ」

実咲が無理だと言った。

「合い印を置くと申した覚えはないぞ」

「どういうことだ」

わからぬと実咲が首をかしげた。

「置かれた合い印を排除して回るのよ。それを内証の方付きの老女へ渡す」

「内証の方に近い局のお末の振りをするのか」

「そうじゃ」

初音がうなずいた。

側室方のなかにも仲の善《よ》し悪《あ》しはあった。家斉の手が付いているが、出は内証の方の部屋子だったという側室もいる。

部屋子とは、局に属している女中のことである。側室の部屋子だと、家斉の目に止まることも多く、手が付きやすい。

そういう側室は、部屋親である側室には絶対にさからわない。いや、部屋親を守るために動く。

部屋子の側室のお末ならば、他の側室の邪魔をしても不思議ではなかった。

「妙手よな」

実咲が感心した。

「では、行こうか」

「その前に、爆薬の点検を」

逸《はや》る実咲を、初音が抑えた。

「失敗はできぬ」

「であったな。吾《われ》としたことが。やはり死ぬとなって焦《あせ》ったか」

実咲が大きく息を吸って吐いた。

二

小座敷は、お清《きよ》の中臈が差配《さはい》していた。

お清とは、将軍の手が付いていない女中のことをいい、大奥の仏間や大奥に分祀《ぶんし》されている東照宮《とうしようぐう》の世話などを主な任としていた。小座敷担当の中臈は、部屋の清掃、夜具や将軍の食事の用意などをおこなう。名門といわれる旗本の娘から選ばれ、終生男を知ることはない。

小座敷付き中臈の格は高く、みょうな話だが将軍の手の付いた側室よりも上になる。寵愛の側室なども、その方と呼んでさげすんだ。

「上様御座所の側《そば》である。さわがしいまねをするな」

お清の中﨟が、合い印を置こうとするお末、取り除こうとするお末を叱《しか》った。

「申しわけございませぬ」

内証の方側のお末が詫びた。今夜主が世話になるのだ。小座敷中﨟の態度がいかに横柄《おうへい》であろうとも、低姿勢とならざるをえなかった。

「明日、主《あるじ》からご挨拶《あいさつ》をさせていただくとのことでございまする」

家斉に呼ばれた翌日、世話になった礼をお清の中﨟へ贈る慣例があった。もちろん、金である。お末のなかで手慣れた者が如才《じょさい》なく、お清の中﨟へ告げた。

「そうか。気を遣わせるの」

一気にお清の中﨟の雰囲気がやわらいだ。

「上様お成りの鈴が鳴るまでじゃぞ」

「承知いたしておりまする。お心遣い、主に代わりまして、御礼申しあげまする」

内証の方のお末が深々と頭を下げた。

「これを」

そのお末のもとへ、実咲が数枚の紙を持っていった。薄衣のような上質の紙には、ある側室の合い印が、書かれていた。

「これは……」

お末が訊いた。

「お鈴廊下からここまでの有明行灯《ありあけあんどん》の紙に上乗せされておりました」

「なんと。そこまでするか」

有明に灯が入れば、合い印が浮かびあがる。有明に灯を入れる役目の火の番が気づかないはずはない。当然、そこへの根回しはすんでいると考えられた。

「よく気づいた。……そういえば、見ぬ顔だな」

お末頭《がしら》が実咲の顔をしげしげと見た。

「主から、お手伝いをいたすようにと命じられましてございまする」

「おう、お幸《さち》の方さまの」

「はい」

うまくお末頭が勘違いしてくれた。

「後日御礼を」

「いえ。主からくれぐれも、ご恩返しであると言われておりまする。わたくしどものことは、お局の者と同様にお遣いくださいませ」

「さすがは、お幸の方さまじゃ。奥ゆかしいことよ」

大きくお末頭が感心した。

「では、わたくしは、また」

「頼んだぞ」

お末頭に見送られて、実咲が離れた。

「なにをするか。無礼な」

「このようなところに置くとは、内証の方さまへ含むところがあるのだな」

小座敷の近くでは、お末同士の争いがおこなわれていた。

それに参加したり、無視したりしながら、実咲と初音は小座敷周囲の様子を確認した。

「どこがよいかの」

あたりを見回しながら実咲が思案した。

「出会い頭がもっともよいのだが」

初音も考えた。

「将軍の周囲には警固《けいご》の者がつくのか」

「普段ならば、先導の中﨟、太刀持ち、荷持ちの三人だが、あの一件の後だからな。一人か二人、警固の別式女《べっしきめ》がついていると考えなければなるまい」

二人は顔を見合わせた。

「最初から廊下で待っているという手は使えぬな」

「ああ。警固の別式女が警戒するだろう。近づく前に長刀《なぎなた》の餌食《えじき》になりかねぬ」

実咲が同意した。

無手で長刀の相手は難儀であった。太刀に槍《やり》の柄《え》をつけたような形の長刀は、間合いが長い。そのうえ、斬る、薙《な》ぐ、突くのどれもできる。

「どちらかが犠牲となっている間に、もう一人が家斉へ突っこめばいい」

一瞬でも身体に刃《やいば》を食いこませてしまえば、長刀は止められる。その間にもう一人の捨てかまりが別式女を抜けばいいと実咲が告げた。

「だめだな」

初音が首を振った。

「このあいだ襲われたばかりだぞ。家斉も馬鹿ではない。みょうな気配を感じれば、すぐに逃げ出す。長刀で封じている間があれば、中奥へ戻るぞ」

「……だめか」

「死地を抜けた者は、強い。咄嗟《とっさ》の判断ができるようになる。命をかけた経験のない者は、窮地《きゅうち》に立ったとき、思考が停止して動けなくなる。少し前の家斉なら、十分おぬしの言う手段で殺せただろうが……」

「坊主どもが家斉を鍛《きた》えたか」

続けて二度も襲われたのだ、家斉自身の警戒心も大きく育っている。実咲が嘆息した。

ふと初音が天井を見た。

「上から落ちるという手もあるな」

「廊下のなかほどでは目立つぞ」

人というのは意外と上が見えるものであった。

「天井裏へ入りこむか」

「板が簡単に割れてくれるかの。まさか、試すわけにもいかぬぞ」

天井板を蹴破るのだ。大きな音はするわ、天井に穴が空くわでは、手立てを教えているようなものであった。

「そこの部屋はどうだ」

実咲が部屋のなかで潜《ひそ》むのはどうだと問うた。

「家斉が来る前にあらためられよう」

「ふむ」

「ではやはり」

「出会い頭を狙うしかないな」

二人が一致した。

「分かれようか」

「捨てかまり得意の逆釣り野伏せか」

釣り野伏せとは、薩摩の軍法であった。一あたりしてわざと負け、逃げ出す。そうすると、敵は勢いにのって追ってくる。だが、その先には伏せ勢が待っているのだ。深追いした敵は、伏せ勢の罠《わな》にはまり、大打撃を受ける。

捨てかまりはその逆を得意とした。

戦場での死兵は恐怖であった。

兵たちは生きて帰って、勝ち戦での褒賞《ほうしょう》を夢としている。死んでは意味がない。対して死兵は、すでに死んでいる。手や足を切り落とされたていどでは襲いかかってくるのを止めない。己の命をものとも思わない。それは生きようとしている者にとって、恐怖であった。戦場で殺し殺される。殺し合いは興奮状態だからこそできる。冷静になれば、それまでなのだ。

死兵は、恐怖をもって敵兵を正気に戻す。

正気に戻った兵は、死そのものである捨てかまりから逃げようと背を向ける。その背を向けた先に、別の捨てかまりが待ち伏せる。それが、逆釣り野伏せであった。

「先陣は吾が担おう」

初音が言った。

「任せた」

へんにこだわることなく、実咲が了承した。

最初の一人で成功すれば、二人目の出番はない。生きて帰れるのだ。それをなんでもないことのように二人は口にした。

「上様のお成りでございまする」

御錠口番の声が聞こえた。

「では、吾はこの先、小座敷の角に行く」

「吾はこの縁側の奥に潜んでおる」

実咲が初音の肩に触れた。

「死なばもろともよ」

「この日のために、我らは生まれ、生きてきたのだ」

初音が微笑《ほほえ》んだ。

「長いつきあいであった。次は蓮《はす》の花の上で会おう」

「おう」

二人が別れた。

三

大奥へ入る前に、夕餉と入浴を家斉はすませていた。ともに前もって報《しら》せておけば、大奥でも可能だが、小姓組頭の強硬な反対で、本日は中奥で片付けた。

「男に洗われても楽しくないわ」

家斉が文句を言った。

過去、三代将軍家光《いえみつ》、四代将軍家綱《いえつな》、五代将軍綱吉と男色を好んだ将軍はかなりいた。しかし、家斉はまったく男色に興味を示さなかった。元服前に女を知って以来、家斉は忌日以外のほとんど毎夜、大奥へ入り浸《びた》っていた。

その家斉が、十日をこえて大奥へ入らなかったのだ。家斉は、逸っていた。

中奥と大奥を繋《つな》ぐ御錠口は、どちら側にも施錠できる扉があり、それぞれに番人がいた。

「御錠口開けまする」

「承《そうろう》って候」

中奥から扉が開かれ、大奥側が応じた。

御錠口の中奥側と大奥側、二枚の扉の間、わずかな距離の廊下であるが、大奥でも中奥でもない。どちら側に属すると明言せず、曖昧《あいまい》なままであった。これは、ここで将軍の佩刀《はいとう》、荷物などの受け渡しがおこなわれるためであった。

中奥小姓から大奥女中へ、ものを渡すためには、どうしてもどちらかが、相手側の領域に入らざるを得ない。大奥が男子禁制であると同時に、中奥は女子の立ち入りが許されていない。どちらが踏みこんでも問題となる。ゆえに、どちら側でもない場所が作られた。

「……………」

大奥側の御錠口を通った家斉は、そこに別式女が控えているのに気づいた。

「ものものしいの」

普段《ふだん》、将軍の側に刃物を持った者は、近づけない。その者が叛意《はんい》を持っていれば大ごとになるからであった。

ただ、大奥では、文句は言えなかった。

将軍は、客なのだ。客の警固に別式女を出す。当たり前といえば当たり前であった。それに不満があるならば、家斉が茂姫へ直接話せばいいのだ。別式女は茂姫の新たな命《めい》がないかぎり、家斉の警固をする。

「お供《とも》をお許しいただきたく」

別式女は、目通り以下の身分である。家斉へ話しかけることはできなかった。代わりに、御錠口番が告げた。

「かまわぬ」

家斉は別式女の同行を認めた。

「しかし、二人は多すぎぬか」

前後を挟《はさ》まれた形になって、家斉が嘆息した。

「ご辛抱を」

後ろの別式女が、小声で囁《ささや》いた。

「香枝」

「どうぞ、お声をお出しになられませぬよう」

別式女は大奥での将軍警固のために、お庭番から出された村垣家の娘香枝であった。最初、もっとも身分の低い廁番《かわやばん》として、大奥へ入った香枝は、家斉の身辺がきな臭《くさ》くなるにつれて、より確実な守りにつける火の番格、通称別式女へと転じていた。

「なにか」

家斉が声を出したことについて、御錠口番が訊いた。

「いや、独り言よ」

小さく家斉が首を振った。

ここで、香枝の名前を出すのは、まずかった。

将軍が女中の名前を訊く、あるいは出す。これは、夜伽《よとぎ》を命じるのと同義であった。さすがにその夜、共寝することはないが、数日で枕頭《ちんとう》に侍《はべ》る。

香枝は忍というのもあって、引き締まった身体付きのうえ、なかなかの美形である。一度、家斉も触手を伸ばしたが、側室となると自在に振る舞えないと断られていた。

「畏《おそ》れ入ります」

格下から問いを発した形になる。御錠口番が頭を下げた。

「よい」

家斉が許した。

「みょうな女が二人、初島さまの局に入っておりまする」

忍の発声は独特なものだ。喉《のど》の奥を震わせるようにして出す低い声は、狙った相手にしか聞こえなかった。

「……………」

家斉の目つきが鋭くなった。

小座敷にいたるまでのお鈴廊下には、左右二ヵ所の別れ廊下があった。まず、小座敷へ行くまでの左、そして小座敷の向かい、廊下というより縁側に近いものである。

最初の角は、なんの問題もなかった。

先頭を行く行灯持ちの火の番、続いて火の番格別式女、御錠口番、家斉、香枝の順で一同は進んだ。

「上様、お成りでございまする。お小座敷の衆」

御錠口番が声を発した。

小座敷の襖《ふすま》を開閉するのは、小座敷担当の中﨟の役目であり、御錠口番には触ることができなかった。

「承りまする」

なかから返答がして、小座敷の襖が開いた。一同の目が一瞬、そちらへ集まった。

「わあああ」

縁側の片隅に潜んでいた初音が家斉目がけて走り寄った。

「止まれ。上様の御前である」

前にいた別式女が、長刀を突きつけた。

「わあああ」

戦場で、相手を恐怖に陥《おとしい》れ、死に抵抗しようとする己の心を殺す捨てかまりの咆《ほう》
吼《こう》が仇《あだ》となった。十分、別式女に長刀を構える暇《いとま》を与えてしまった。

「うろんな奴」

別式女が長刀を振るった。

「……くっ」

右腕を斬り飛ばされても、初音の勢いは止まらなかった。

「馬鹿な」

肩から手を奪ったにもかかわらず、まったく勢いの止まらない初音に、別式女が食
いこまれた。

「身体で止めよ」

香枝が叫んだ。

「おう」

　別式女はおおむね大柄である。初音も女としては大きいが、それでも別式女よりは小さかった。長刀を捨てた別式女が、初音を受け止めるようにした。

「おおおおお」

「こいつ」

　押さえつけられたにもかかわらず、初音は少しでも前へ出ようとあがいた。

「火縄の匂い」

　別式女が気づいた。

「上様、後ろへ」

　すばやく香枝が、家斉の前に立ちはだかった。

「おのれええ」

　家斉への距離が縮まらないことに、初音が悔しげな声をあげたとき、爆薬に火が入った。

　すさまじい音がして、初音と止めていた別式女が吹き飛んだ。

「ひいいいいい」

　御錠口番が、腰を抜かした。

「な、なにが……きゃ……」

小座敷の襖が開いて、顔を出した中﨟が惨状に気を失った。

「上様、中奥へお戻りくださいませ」

追いたてるように香枝が家斉に迫った。

「終わったのではないのか」

「二人と申しあげたはずでございまする。お早く。中奥には、お庭番の結界がございまする」

「そなた、背中に傷を」

香枝の着物が破け、血が流れているのを家斉が見とがめた。

「たいしたものでありませぬ。お急ぎを」

厳しい声で香枝が急《せ》かした。

「わかった」

家斉が首肯《しゆこう》した。

「なんだあれは。己ごと吹き飛んだぞ」

鈴の廊下を戻りながら、家斉が問うた。

「わたくしではわかりませぬ。後ほど兄にでも」

後ろを警戒しながら、香枝が首を振った。

「そうする」

素直に家斉がうなずいた。

「わあああ」

不意に右の廊下から叫びながら女中が飛び出し、家斉へ抱きついた。

「うおっ」

「しまった」

家斉がうめき、香枝が唇《くちびる》を噛《か》んだ。

「退き口を封じていたか」

香枝が悔しげに顔をゆがめた。

「離せ」

「……離すわけなかろう。地獄へ供してくれる」

しっかりと家斉の身体を摑《つか》みながら、実咲が笑った。

「上様、動かれますな」

長刀を香枝が構えた。さきほどの状況で、爆薬へ火の入るまでのときを香枝は読んでいた。

「躬《み》の命、預けたぞ」

家斉が抵抗を止《や》めた。

「たとえ首を落とされようとも、離すものか」

実咲が一層《いっそう》力を入れた。

「上様、左手を背中へ……はっ」

指示を出して香枝が長刀を袈裟《けさ》に浅く撃った。

「わかった」

すばやく家斉が身体をひねった。

わずかにできた隙間《すきま》へ、香枝は長刀を見事に入れて見せた。

「ぎゃっ」

帯とともに右の乳房を裂かれた実咲が苦鳴《くめい》をあげた。しかし、家斉を離しはしないのはさすがであった。

「無駄じゃ。地獄で添い寝してくれるわ。家斉」

実咲がゆがんだ表情で言った。

「躬の好みにはほど遠いわ」

家斉が嫌そうな顔をした。

「……なぜ」

しばらくしても爆発しないことに、実咲が焦《あせ》った。

「火縄が消えれば、爆薬も意味がないぞ」

家斉の横へと位置を変えた香枝が教えた。

「えっ」

実咲が帯を見た。

「あああああ」

己の身体からあふれた血で、火縄が消えていた。

「こうなれば……」

かっと実咲が口を開けて、家斉の首へ噛みつこうとした。

「上様、お目をお閉じくださいませ」

言いながら、香枝が長刀を振るった。

「…………」

実咲の首が飛んだ。首のあったところから、すさまじい勢いで血が噴き出し、家斉を濡らした。

「ご無事でございまするか」

「ああ。だが、まだ目を開けるわけにはいかぬようだな」

顔を血で染められた家斉が、嘆息した。

「すみませぬ」

「詫びずともよい。そなたは、躬を救ったのだ。助かったぞ、香枝」

低頭した香枝を家斉が褒めた。

「上様、上様」

御錠口に残っていた女中が、駆けつけてきた。

「ひっ」

血まみれの家斉と、首のない実咲を見て、御錠口番が固まった。

「ただちにお湯と絹布を」

強い口調で、香枝が御錠口番へ命じた。

「は、はい」

身分をこえた指示にも、強い衝撃を受けていた御錠口番は文句も言わず、あわてて走った。

「これで終わりかの」

まだ家斉は目を閉じていた。

「と思いまするが」

香枝はまだ警戒を解いていなかった。

「上様」

天井裏から声がした。

「伊賀者か」

「はっ」

家斉の問いかけに、肯定の返答がした。

「申しわけもございませぬ」

天井板が外され、伊賀者が四名降りてきた。爆発の音を聞いて、あわてて七つ口から参上した伊賀者だが、間に合わなかった。

「……………」

さきほどとは違い、家斉は許すとは言わなかった。

「上様、お湯を……ひえええ」

伊賀者の姿に、また御錠口番が驚愕した。

「貸されよ」

こぼす前に、香枝が桶《おけ》を取りあげた。

「ご無礼いたしまする」

香枝が絹布を湯に浸し、少し冷ましてから家斉の顔を拭いた。すでに血は少し固まりかけていた。

「もうよいか」

しばらくして家斉が、目を開けていいかと訊いた。

「はい。ですが、後ほどお風呂へ行かれますよう」

真っ赤に染まった絹布を湯桶に戻して、香枝が許可を出した。

「……ふむ」

家斉がなんどか目をしばたたかせた。

「御台所さま、お見えになられまする」

お鈴廊下の反対側から先触れの声がした。

「待てと伝えよ。茂に見せるには、強すぎる」

家斉が御錠口番へ命じた。まだ大奥法要の一件より日は経っていない。家斉は幼なじみの茂姫を気づかった。

「こちらから出向くゆえ、居室で待てとな」

「はい」

この場から離れられることを喜んで、御錠口番が駆けていった。

「はしたないの」

白い臑《すね》を露《あら》わにして急ぐ、御錠口番へ家斉があきれた。

「……………」

「後日沙汰《さた》をいたす。片付けをしておけ」

無言で頭《こうべ》を垂れている伊賀者へ、家斉が冷たい声をかけた。

「はっ」

伊賀者が平伏した。

「香枝、風呂へ連れて行け。着替えは夜着でよい」

「承知いたしましてございまする」

先に立って香枝が小座敷に付いている風呂へと家斉を案内した。

将軍は、風呂でも厠でも何一つ、己ですることはなかった。香枝の手で脱がされた家斉は、ただじっと風呂のなかで座っているだけであった。

「御髪《おぐし》までは……」

香枝が申しわけなさそうに言った。

将軍の髪は、毎朝小納戸《こなんど》から選ばれた月代《さかやき》御髪係によって調《ととの》えられる。また、男は頭を女に触らせないのが普通であり、香枝も髷《まげ》までは結えなかった。

「まとめてくれればよい。茂に会うのだ。さんばらでは困ろう」

家斉が適当でいいと言った。

ようやく身体に付いた血も落とし、白絹の夜着をまとった家斉は、香枝を供に茂姫の待つ御台所居室へと向かった。

「待たせたの」

「上様、なにが」

「下がれ」

茂姫の問いには答えず、家斉は居室にいた女中たちを追い払った。

「しかし……」

「躬は下がれと申した」

御台所付きの中﨟が抵抗するのを、家斉が叱《しか》りつけた。

「は、はい」

いかに大奥の主は御台所であるといったところで、将軍の権威は変わらない。

「ご無礼を」

たちまち女中たちがいなくなった。

「その者は」

茂姫が一人残った香枝に首をかしげた。

「躬の警固じゃ」

「さようでございまするか」

素直に茂姫が認めた。

「茂よ」

「はい」

「そなたの実家《さと》を放置してはおけなくなった」

「なにがございました」

さすがの茂姫も目を剝《む》いた。

「先ほど、初島の局にいた末二人が……」

家斉が語った。

「そのようなことをいたしましたか。父の手配でございますな」

茂姫の目がすっと細くなった。

「躬の死後、敦之助に将軍位がいけば、前代未聞の外様大名による外祖父誕生となる。そうなれば、薩摩を外様でおくわけにもいくまい。譜代、いや、親藩にせねばならぬ。少なくとも格は与えねばなるまいな。敦之助はまだ二つじゃ。幼い将軍には傅《ふ》育《いく》の者が付く。少し前ならば、松平越中守《えっちゅうのかみ》が選ばれたであろうが、ちと事情でさせられぬ。もちろん、他の老中どもでもよいが、あやつらは、誰かが突出することを喜ばぬ」

大きく家斉が息を吐《は》いた。

「祖父が孫の後見となる。これにはいくらでも例がある」

徳川家光に対する家康もそうだと言えた。父である二代将軍秀忠から、将軍世子の座を奪われそうになった家光は、祖父家康を頼り、その後ろ盾《うしろだて》をもって、三代将軍となった。

なにより島津重豪もそうだった。父の早世によって十一歳で薩摩島津藩主となった重豪は、十六歳まで祖父島津継豊《つぐとよ》、継豊の死後は外祖父島津貴儔《たかとも》の後見を受けた。じつに十九歳になるまで、重豪は藩政を祖父、外祖父へ預けていたのだ。

「人は己の経験してきたことを常識だと思うくせがある。それが当たり前だと考えてしまう」

「はい」

誰にでも覚えのあることである。茂姫も同意した。

「まだ重豪が薩摩の藩主であったならば、拒《こば》みようもある。しかし、重豪は天明《てんめい》七年

（一七八七）に家督を斉宣《なりのぶ》へ譲って隠居しておる」

さすがに将軍家の御台所《みだいどころ》に外様の娘を選ぶわけにはいかず、天明七年、茂姫は近衛《このえ》家の養女になり、実父重豪は藩主の座を降りた。

将軍の舅《しゅうと》が外様の藩主では、つごうが悪すぎた。外様は幕府開闢《かいびゃく》以来、徳川の敵でなければならないのだ。茂姫をそのまま家斉の御台所にするのには、反発がすごく、やむをえず、このような手立てを取り、茂姫は薩摩藩の藩主とかかわりのないものとした。

「あれがよくなかったの」

家斉が首を振った。

「隠居しただけで、わたくしという外様の娘が将軍の御台所として認められてしまった」

茂姫が口にした。

「そうだ。重豪は、薩摩藩主の座を失った代わりに、将軍の舅となれた。前例を作ってしまった。外様であっても、立場さえ変えればよい、というな。あれが、今回の始まりとなったのだろう。隠居するだけで、将軍の舅となれたのだ。今度もやりようによっては、十二代将軍の外祖父となれると重豪が考えたとしてもおかしくはない」

「申しわけありませぬ」

深く茂姫が頭をさげた。

「手を打とうと思う」

「長らくお世話になりましてございまする」

「誰が、そなたと縁を切るなどと申した」

先回りして別れを告げた茂姫に、家斉があきれた。

「そなたを薩摩に返す気などないぞ」

「では、どうなさると」

茂姫が尋ねた。

「重豪が、躬に手出しをしてくるのは、己の血を引く敦之助がおるからじゃ」

「上様……」

「……上様」

茂姫と香枝の二人が驚愕の声を出した。

「敦之助の代わりにわたくしを」

膝《ひざ》を進めて母の顔となった茂姫が身を乗り出した。

「あわてるな。誰が敦之助を死なせると言った」

血相を変えた二人に、家斉が落ち着けと命じた。

「では、どうなされますするのでございまするか」

吾《わ》が子の危機である。茂姫が泣きそうな顔をした。

「敦之助を大奥から出す」

「それは……」

茂姫が息を呑《の》んだ。

「躬にはすでに世継ぎと決めた敏次郎がおる。敦之助が生まれたときにも申したが、十二代は敏次郎へ渡す」

「承知いたしておりまする」

わかっていると茂姫がうなずいた。

内々ではあったが、敦之助は長ずれば、御三卿《ごさんきょう》の一つ清水《しみず》家を継ぐこととなっていた。

「清水館《やかた》へ敦之助を移す」

「敦之助はまだ二歳になったばかりで……」

「まだ二歳と幼いことはわかっているが、このままでは重豪の暴走は止められぬ。躬一人ですむ話ではないのだ。躬の後は、敏次郎、そして豊三郎《とよさぶろう》と狙われるのだ。敦之助を確実に将軍とするためには、躬の血を引く男子が他にいてはまずいからな」

言いかけた茂姫を押さえるように、家斉が被《かぶ》せた。

「…………」

茂姫が言葉を失った。

「大奥を出て、清水館へ移す。これで、敦之助は将軍世子ではなくなる」

「……お心のままに」

悄然《しょうぜん》と茂姫が両手で顔を覆《おお》った。

大奥にいればこそ、吾が子にも会えるのだ。大奥から御台所はまず出ることはない。また、吾が子とはいえ、一度出た男子は大奥へ入れないのが慣例である。

敦之助を清水館へ出す。これは、母子今生《こんじょう》の別れと同じであった。

だが、実父のしでかした結果である。茂姫は異議をとなえられなかった。

「もう一つ」

「承知いたしておりまする」

今度は茂姫が家斉を制した。

「薩摩から付いてきた者、すべてに暇を取らせまする」

茂姫が述べた。

「うむ。慣れ親しんだ者を手放すのは辛いだろうが……」

「いえ。上様にご心配をおかけするわけには参りませぬ」

幼馴染《おさななじ》みの家斉と茂姫は、互いが初恋のまま夫婦《みようと》になっている。とくに薩摩の片田舎からいきなり江戸へ出てきて、神田館へ放りこまれた茂姫にとって、将来の夫と決められた家斉が、最大の庇護者《ひごしゃ》であった。ほとんど会ったことさえない父重豪とは比べものにならないほど、茂姫は家斉をたいせつに思っていた。

「香枝」

「はっ」

隅で夫婦のやりとりを見守っていた香枝が、片膝進めた。

「内証へ、今宵《こよい》は行けぬと伝えよ。躬は、ここで泊まる」

「上様……」

茂姫が家斉を見上げた。

「承知いたしましてございまする」

一礼して香枝が訊いた。

「お身の回りのものはいかがいたしましょうや」

「内証から借りて参れ」

「そのように手配いたしまする」

香枝が居室を出た。もちろん、己で使いに行かず人を走らせ、居室の外へ残って警固を続けた。

家斉と茂姫を、将軍と御台所という権にもてあそばれた夫婦を、香枝は二人きりにした。

翌朝、局で自害した初島が発見された。

四

「立花どの。本田駿河守さまがお呼びでございまする」

留守居本田駿河守のもとへ出向いた併右衛門は、その依頼に息を呑んだ。

「敦之助さまを清水お館へお移しする書付《かきつけ》を作れ、でございまするか」

「うむ。まだ敦之助さまは二歳じゃ。その幼子《おさなご》を移すだけの前例を探せ」

「しかし、敦之助さまは御台所さまのお腹でございまする。正室のお子さまが大統を継ぐのが正当では」

御台所が男子を産む。当たり前の話だが、徳川家では希有なことであった。なにせ、前例は三代将軍家光のたった一度しかないのだ。家光は二代将軍秀忠とその御台所お江与《えよ》の方のあいだに生まれた長子であった。

代は重なったが、誰一人として御台所は男子を産んでいなかった。六代家重《いえしげ》が将軍になる前、正室が男子を産んだことはあるが、夭折《ようせつ》している。敦之助は、その点でいけば、十二代将軍となる最高の条件を持っていた。

「古くは織田信長どのしかり、新しくは上杉治広《うえすぎはるひろ》どのの例を出すまでもございますまい」

すかさず併右衛門は前例をあげた。

織田信長は父信秀《のぶひで》と正室土田御前《つちだごぜん》の子であった。そのため妾腹《しょうふく》の兄を差し置いて、織田家の惣領《そうりょう》となった。上杉治広は少しややこしいが、同じであった。身分低い側室の子であったため、上杉藩主重定《しげさだ》の実子ながら家を継げず、親戚筋の治憲《はるのり》が迎えられた。結局、養子ということで相続を遠慮した治憲の跡継ぎに迎えられ上杉を継いだが、一度は排除された。これも前例であった。

「正統を排除するのは、後々の災いのもとでございまする」

さらに併右衛門は言いつのった。

なにせ幕府には二代将軍秀忠の兄秀康の血を引く越前《えちぜん》松平家という悪例があった。

他家へ養子に出たとの理由で、二代将軍になれなかった秀康にも、その子孫にも不満はあった。幕府は越前松平家を、武家諸法度の対象からはずす制外の家として遇することで、宥《なだ》めようとしたが、かえって増長を招く結果となっていた。

「後の懸念より、今の災いじゃ」

本田駿河守が声を潜《ひそ》めた。

「他言は命にかかわるぞ」

「奥右筆は、生涯無音を誓っておりまする」

併右衛門が応えた。無音とは口外しないと同意味である。

「……昨日、大奥でな」

「なんと……おろかな」

聞いた併右衛門が唖然《あぜん》とした。

「薩摩がそこまで馬鹿をするとは……」

「ゆえに上様は、敦之助さまを出されると決められたのだ」

断腸の思いでなと、本田駿河守が付け加えた。

「承知いたしましてございまする」

「では、ただちに立ち返り、前例を……」

「戻らずともお答えできまする」

「なにっ」

併右衛門の言葉に、本田駿河守が驚愕した。

「田安家初代宗武《むねたけ》さまの例がございまする。もっとも、大奥から出る、入るの違いはございますが。正徳《しょうとく》五年（一七一五）生まれの宗武さまは、父吉宗公の将軍就任によりまして、享保《きょうほう》元年（一七一六）に赤坂《あかさか》の紀州藩邸より、大奥へと移られました」

「おう、まさに敦之助さまと同じ歳ではないか」

本田駿河守が喜んだ。

「さすがじゃの。すべての前例を覚えておるとは思わぬが、奥右筆の力、目《ま》の当たりにしたぞ」

「お褒め畏れ入りまする」

恐縮した体《てい》で、併右衛門が一礼した。

「では、奥右筆部屋へ戻り、敦之助君清水館へお移りの書付を認《したた》めよ。できあがったものは、余のところへおぬしが直接持参せよ。余から上様へお渡しする。明日には、上様から執政たちへ、ご下問いただくゆえ、今日中にな」

「はっ」

併右衛門は一礼した。

翌日、家斉から提出された書類を見て、老中たちは目を疑った。すでに書付には、奥右筆組頭二名と家斉の花押《かおう》が入っていたのだ。

「佳《よ》き日を選びまして」

老中たちは、なにも言えず引き下がった。

「なんたる僭越《せんえつ》」

御用部屋で集合した老中たちは、これほど大事なことが、己たちより先に奥右筆へ報されていたことに憤慨《ふんがい》した。

「たかが筆耕者の分際で」

老中たちが併右衛門と加藤仁左衛門の悪口を述べた。

「上様のご下問とあれば、否定することも無視することもできぬぞ」

「追認するしかない。すでにこれには、上様の花押が入っている。あとは、我らが花押を入れるだけ。上様へご意見するとなれば、首をかけねばなるまい」

「やはり、あの大奥の……」

「薩摩がかかわっていたのだろうな。それを知られたゆえ、上様は薩摩の血を引く敦之助さまを将軍候補から外された」

「しかし、このままでは、我らが執政としておる意味が崩れる」

太田備中守が皆の思っていることを口にした。

「まさか、上様に逆らうつもりか」

「任せてくれぬか。上様には御自重を、奥右筆には身のほどを……」

「よいのか」

自信ありげな太田備中守へ、他の老中が不安そうな顔を見せた。

「法要一件のお詫びもかねて、させてもらおう」

太田備中守が松平定信の言うがままに動いた結果、老中奉書を出したのだ。家斉が坊主に襲われたのはなかったこととなり、執政に咎《とが》めはなかったが、大きな傷となったのは確かであった。その罪滅ぼしに太田備中守が動くと言った。

「我らを巻きこまぬようにしてくれよ」

「わかっておる。万一のときは、儂が腹を切る」

太田備中守が宣した。

屋敷へ戻った太田備中守は、留守居役田村一郎兵衛を呼んだ。

「伊賀者に奥右筆組頭立花を殺せと命じよ。ただちにじゃ」

「お言葉ではございまするが、奥右筆を殺す時期は、伊賀の心のままにと最初に決めておりまするが」

「事情が変わった」

「伊賀者がしたがいますかどうか……」

田村が逡巡《しゅんじゅん》した。

「誰が庇護してやっておるのか、説明してやれ。いや、大奥法要の後始末じゃと申せ」

「はっ」

主君の言葉は絶対である。田村は、夜の江戸を下屋敷へと向かうしかなかった。

「なるほど。庇護については、こちらも言いぶんはある。が、大奥法要の後始末といわれては断れぬ。大奥へ刺客坊主を入れたのは、備中守さまだが、それに気づかなかったのは、我ら伊賀者であったのだからな。刺客が結界に踏みこむのを防げなかった。これは、伊賀の恥。お広敷に残った名前だけの伊賀者でない、我ら真の伊賀者が雪《そそ》ぐべきである」

田村の口上《こうじょう》を聞いた治田が納得した。

「そう言ってくれると助かる」

板挟みになりかけた田村がほっとした。

「もっとも、無理をきくのだ。その分の金は用意してくれたのだろうな」

「なっ……」

「わざとらしいまねをするな」

治田が、厳しく言った。

「老中の懐刀《ふところがたな》、留守居役ともあろうものが、気づかぬはずなどあるまいが。奥右筆を排除することで、己の失策を帳消しにしたいのだろう、備中守さまは」

「うっ」

田村が詰まった。

「となれば、我らの思惑とははずれよう。太田備中守さまと我らの損得が一致せず、そちらに儲《もう》けが大きいのだ。少し考えてもらわねば、やる気にならぬな」

「……いくら欲しい」

嘯《うそぶ》く治田へ、低い声で田村が問うた。

「約定のものとは、べつに三十両」

「三十両もか」

田村が驚いた。

一両あれば、庶民一家が一ヵ月生活できる。吉原《よしわら》で名の知れた遊女を抱いても、揚《あ》げ代《だい》だけなら一両の四半分ほどですむ。三十両は大金であった。

「老中さまの落ちた名前を拾いあげるのだ。百両でも安いと思うぞ」

「わかった」

頰《ほお》をゆがめて、田村が了承した。

「では、さっそくに出るとしよう。いくぞ」

「おう」

部屋でたむろしていた伊賀者が立ちあがった。


日が落ちれば眠る。

蠟燭《ろうそく》や灯油などは意外と高い。日が昇れば起き、落ちれば眠るのが、庶民たちの常識であった。武家も同様であった。もっとも奥右筆という多忙な職務で、仕事を家へ持ち帰らねばまず終わらない立花家では、深更《しんこう》まで明かりが灯《とも》っていることも珍しいことではなかった。

「もう子《ね》の刻（深夜零時ごろ）だぞ」

立花家の塀《へい》の上で、治田率いる伊賀者六人があきれていた。

「蠟燭の代金が、月にどれほどになるか、考えただけでぞっとするわ」

「それ以上に余得があるのだ、奥右筆は。老中でさえ気を遣うという。だから、伊賀など思うがままにできると考えたのだろうよ」

治田が吐き捨てた。

「どうする。寝静まってからのほうが、騒がれずによいとは思うが……」

少し歳嵩《としかさ》の伊賀者が治田の顔を見た。

「もう少しだけ待とう。ただし、あと一刻（約二時間）だ。あまりのんびりもしておられぬ」

「承知」

歳嵩の伊賀者がうなずいた。

「川岸《かわぎし》、辺りに問題はないか」

気配を探るのに長じた者へ、治田が問うた。

「触るものなし」

川岸が短く答えた。

「警戒を怠《おこた》るな。上様と繋《つな》がるとの噂《うわさ》もある。お庭番《にわばん》がついているやも知れぬ」

「……お庭番か」

伊賀者から殺気があふれた。

「紀州ごとき田舎者《いなかもの》に引けなどとらぬわ。出てきたら、最初に血祭りじゃ」

誰ともなく、伊賀者が決意を口にした。己たちの先祖から探索御用を奪ったお庭番を伊賀者たちは憎んでいた。

「油断するな」

治田が戒《いまし》めた。

「厠か」

半刻（約一時間）ほどして、屋敷内で人の足音がした。

「寝るようだぞ」

人は寝る前に、厠《かわや》をすませることが多い。併右衛門の就寝が近いと、治田が告げた。

そして、雨戸の隙間から漏《も》れていた灯《あか》りが消えた。

「小半刻《こはんとき》（約三十分）したら、行くぞ。川岸、御崎《みさき》、おぬしたちは、離れにいる警固の若侍をやれ」

人は寝入りばなと、明け方がもっとも鈍くなる。

「おう」

治田の指示に伊賀者が同意した。

「………」

後は無言であった。身じろぎもせず、小半刻を過ごした六人の伊賀者が、治田の合図で音もなく駆けだした。

「間に合わぬか」

その後ろに冥府防人がいつの間にか立っていた。

「そうでなければ、忍など意味はないが……あやつも婿養子《むこようし》と決まって、気が緩んだか。義父が殺されれば、そんなもの幻《まぼろし》と消えるというに」

冥府防人が嘆息した。

「手伝ってやるか。ただし、十数える間だけだがな。それ以上かかるならば、吾《われ》の相手には不足ぞ、柊」

すっと冥府防人が太刀を抜いた。

忍にとって閂《かんぬき》が下りた雨戸など、ないも同じであった。

「………」

音もなく、雨戸を外した伊賀者が、顔を見合わせて併右衛門の居室へ侵入した。

「起きろ」

治田が、寝ている併右衛門の足を蹴り飛ばした。

「なっ、なにやつ」

夜具のなかで目を開けた併右衛門はいつのまにか囲まれていることに驚愕した。

「伊賀者か」

すぐに併右衛門は気づいた。

「さすがにわかるか」

小さく治田が笑った。

「殺しに来たか」

「伊賀に手出しをした報いじゃ」

「先に手を出したのは、そちらであろう」

併右衛門が言い返した。

「そのようなことはかかわりがない。伊賀に刃向《はむ》かった。それだけで罪なのだ」

治田が言い切った。

「理不尽だが、人の世とはそういうものだろう。権ある者には勝てぬ。抗《あらが》えば潰《つぶ》される。それに気づかぬほど、伊賀は浅はかだったか」

「……ふん。世間での権など、今なんの意味がある。この場での権は、力ぞ」

鼻先で治田が笑った。

「では、さっさと権を使え。使いどきをまちがえれば、権といえども役に立たぬことがあるぞ」

「肚《きも》が据《す》わっておるな。伊賀の掟《おきて》じゃ。我らの恐ろしさを身体と心に刻んで、あの世へ行け」

「見せしめか」

併右衛門は、長々と伊賀者が話をした理由をさとった。

「あっさりと寝ているところを殺したのでは、死に顔がおとなしいからの。見た者が悪夢で寝られなくなるほどのゆがんだ顔をしてもらうためには、意識がないと困るのだ」

冷酷《れいこく》に治田が宣した。

「おろかな。目付《めつけ》が調べるのだぞ。伊賀の仕業とすぐに知れる。お広敷伊賀者がどうなるか、わかっておるのだろうな」

奥右筆組頭として、配下に見せる威厳を併右衛門は声にのせた。

「我らとお広敷伊賀者とは無縁ぞ」

治田が告げた。

「そんなものがとおるか」

「ふん。我らはもう縁を切ったのだ。お広敷伊賀者がどうなろうとも知ったことではない」

笑う治田の背中へ、庭から声がかかった。

「ここまで馬鹿とは思わなかったぞ」

「なに」

あわてて振り向いた治田の目に、冥府防人の影が映った。

「脅《おど》しているつもりで、そのじつ、奥右筆にときを稼がれていることに気づかぬか」

「……あの警固の侍なら、今ごろ死んでいる」

言いながら治田が、冥府防人へと姿勢を変えた。

「たった二人でか」

冥府防人が嘲笑《ちょうしょう》を浮かべた。

「並の伊賀者と思うなよ」

さっと治田が手を振った。

とたんに冥府防人目がけて手裏剣《しゅりけん》が投げられた。四人がそれぞれ二つずつ投げた棒《ぼう》手裏剣は、まっすぐに冥府防人を貫いた。

「油断するな」

治田が警戒した。

「一つ」

「ぎゃっ」

もっとも庭に近かった伊賀者が、苦鳴をあげて倒れた。喉《のど》に、投げたはずの棒手裏剣が刺さっていた。

「二つ」

数えながら、冥府防人が縁側へあがった。

「三方から囲め」

併右衛門を捨てて、治田が命じた。併右衛門へ気を配る余裕を伊賀者たちは失った。

「判断は良さそうだ。四つ」

少しだけ冥府防人が感心した。

「しゃっ」

伊賀者がふたたび手裏剣を撃った。

「五つ。そろそろかの」

あっさりとかわした冥府防人がつぶやいた。

大きな音がして、離れの雨戸が吹き飛んだ。

「……………」

一瞬、治田たちが気を奪われた。

「六つ」

「えっ」

伊賀者たちが唖然《あぜん》とした。いつのまにか、冥府防人が併右衛門の枕元へ移動していた。

「貸し一つだな」

「高くつくな」

「七つ。命よりは安いぞ」

数えながら、冥府防人が無言で襲ってきた伊賀者をあしらった。

「待っていろ。おまえたちの相手が来る」

冥府防人が忍刀《しのびがたな》を振り回しながら迫ってきた伊賀者を蹴り飛ばした。

熟睡していた衛悟は、離れの雨戸が外される気配で目覚めた。剣士というのは、一瞬での覚醒《かくせい》を要求される。寝起きだからと敵は待ってくれないのだ。

衛悟は両刀を肘《ひじ》に余裕をもった状態で届くところへ置いていた。精一杯伸ばさないと届かないところでは、取ることはできても抜けないからである。

そのうえ、太刀の鯉口《こいぐち》も切ってあった。鯉口とは、前屈《まえかが》みになったときなど、太刀が鞘《さや》から抜けて落ちないようにするためのものだ。いわば抜くときの邪魔であった。

それを不意の襲撃になれた衛悟は、念のため寝る前に切っておいた。

おかげで二人の伊賀者が、離れへ押しこんだのを、衛悟は待ちかまえることができた。

「えっ」

眠っているところを狙ったのに、十分な体勢で迎えられた伊賀者が一瞬、驚愕した。

「…………」

大声で気合いを発するには、深夜に過ぎる。無言で、衛悟は最初に飛びこんできた伊賀者へ薙ぎを送り、両断した。

倒された仲間には一瞥《いちべつ》も与えず、残った一人が手裏剣を投げた。

「このっ」

手裏剣の成果を見ず、すでに抜いていた忍刀で斬りかかってきた。

「なんの」

二本の手裏剣を太刀で受けた衛悟は、そのまま後ろへ跳んだ。間合いを稼いだ衛悟は、太刀をまっすぐ突き出すと、そのまま腰を落とし、相手の動きに合わせた。

「しゃっ」

一直線がもっとも疾《はや》い。伊賀者は糸で引いたように、衛悟の軌跡を追って突っこんできた。

「ここっ」

伊賀者との間合いをはかっていた衛悟が、太刀を前に出したまま、大きく踏みこんだ。

「……ぐっ」

太刀と忍刀、その刃渡りの差が生死を分けた。

「短いぶん速い。それが裏目に出たな」

言い残して、衛悟は併右衛門の居室へと走った。

「伊賀者に信はないのか」

己へ注意を惹《ひ》くため、衛悟が謗《そし》った。

「黙れ」

返答とともに手裏剣が撃たれた。

「ふん」

衛悟はそのなかで、当たるものだけを太刀で弾《はじ》いた。

「行けっ」

治田が手を振った。二人の伊賀者が、衛悟目がけて襲いかかった。

左右から同時に放たれた斬撃を、衛悟は受けなかった。

待つより前へ出よ。

師の教えのとおり、衛悟はまず右へ身体を寄せて、太刀を出した。

「ぎゃっ」

肩を割られて、一人目の伊賀者が沈んだ。

「おのれっ」

一度地に足をつけた左の伊賀者が、ふたたび飛びかかってきた。

「おう」

残心の構えから、身体を回すようにして、衛悟は太刀を薙ぎ、伊賀者の腰を斬った。

「ぐええ」

苦鳴を漏らして伊賀者が落ちた。

「残るはおまえ一人」

血刀を衛悟は治田へ向けた。

「…………」

声を出さず、治田が忍刀を構えた。

「逃げ出す気だな」

冥府防人が告げた。

「ほう」

夜具のうえへ座り直した併右衛門が興味深げな顔をした。

「忍は任に失敗したとわかったとたんに逃げ出すことを考える。決して殉じようとはしないものだ」

淡々と冥府防人が語った。

「懐の手裏剣を出す振りで、目つぶしをぶつけてくる気だろうな」

「……つっ」

治田が身じろぎした。

「おもしろくもない」

「くっ」

すばやく治田が懐から卵のからに入った目つぶしを出し、衛悟へ投げつけた。衛悟は目を閉じた。

「…………」

卵のからが割れ、金剛砂を唐辛子《とうがらし》の汁で煮染《にし》めたものが、衛悟を包んだ。小さな金属音が衛悟の耳に届いた。

「死ね」

忍刀を閃《ひらめ》かせて、治田が衛悟の右脇を走りすぎようとした。

「…………」

目つぶしは唐辛子を含む。吸えば喉がやられて咳《せ》きこむことになる。息を止めていた衛悟は、無言で太刀を出した。甲高《かんだか》い音がして、治田の忍刀が止められた。

「なにっ」

唖然とした治田の忍刀を押し払って、衛悟は太刀を下から袈裟に斬りあげた。

「あくっ」

左脇腹から喉へ斬り裂かれて、治田が絶息した。

「見事だ」

冥府防人が褒めた。

ようやく目つぶしが薄くなった。衛悟は大きく息を吐いた。

「そちらこそ。感謝する」

衛悟は頭を下げた。併右衛門の少し左の畳《たたみ》に、手裏剣が刺さっていた。治田は目つぶしを投げた後、後ろ手に手裏剣を投げ、併右衛門の命を狙った。それを冥府防人が刀で弾いていた。

「よく襲い来るところがわかったな」

礼には応えず、冥府防人が問うた。

「右を襲うのは当然。目は見えずとも、畳から伝わる振動で、相手の位置はわかる。あとは速さと刀の刃渡りを加味すれば、いつ、どこへ一撃が来るかを読むなど簡単」

冥府防人の問いに、衛悟は答えた。

右利きにとって、右側外からの攻撃は、対処しにくい。脇が開くことになるし、腕は外へ向かって曲がってくれないからだ。目を閉じた者を襲うなら、右から。少しでも武術をかじった者ならばそうするのが当たり前であった。

「先夜の言葉を取り消そう。やはりおもしろいな、おまえは」

楽しそうに冥府防人が笑った。

「奥右筆、おまえが役に立つ間は、生かして置いてくれる。ただし、お館さまの敵となったときは終わりだ。気づかずに道具として使われたとしても許さぬ」

不意に冥府防人の雰囲気が変わった。

「うっ……」

「…………」

あふれ出す殺気に衛悟は思わず太刀を構え、併右衛門は声を出せなくなった。

「ではな。次に会うのが、最期になろう」

刀を鞘へ戻した冥府防人が背を向けた。

「上様が、敦之助君を清水家へお出しになる」

その背中へ、併右衛門が言った。

「礼のつもりか」

「借りっぱなしでは、怖そうだからの」

足を止めた冥府防人へ併右衛門が述べた。

「たしかに受け取った」

庭に降りた冥府防人が消えた。

「御台所さまのお心に沿わず」

薩摩に縁のあった女中、すべてが同日大奥を放逐《ほうちく》された。

「これを」

戻ってきた茂姫付きの女中から、重豪は手紙を渡された。

「なんじゃ……絶縁状か」

茂姫から縁を切ると書かれていた手紙を、あっさりと重豪は捨てた。

「血の繋《つな》がりは切れぬのだぞ。茂」

重豪が笑った。

だが、その笑いは続かなかった。

数日後、今年十一月十五日をもって、敦之助は清水家の世子として、御用屋敷へ引き移る旨《むね》が幕府より発表された。

「なんということを」

発表を受けて重豪は絶句した。敦之助が将軍候補であればこそ、家斉を殺すだけの意味があったのである。敦之助に十二代将軍の目がなくなってしまった今、島津重豪の行動は無駄になった。

「将軍に睨《にら》まれただけであったか」

外様が幕府から目を付けられる。その結果は、悲惨以外のなにものでもなかった。御台所の実家だけに潰されはしないだろうが、お手伝い普請《ふしん》を命じられるのは確かであった。お手伝いといいながら、そのじつ丸抱えの工事なのだ。藩への負担は大きい。過去、薩摩藩は宝暦《ほうれき》の木曾《きそ》三川《さんせん》治水工事で四十万両という大金を消費した。そのときの借財はまだほとんど減っておらず、藩政を大いに圧迫していた。その再来を迎えるやも知れないのだ。重豪が大きく肩を落とした。


「やれ、武だけの者は遣えませぬな」

失敗を知った段階で、深園は江戸から使者を出した。

「京から手伝いを招くことになるとは。法務さまからお叱りを受けましょう」

深園が嘆息した。


すでに冥府防人から委細の報告を受けていた治済《はるさだ》は、敦之助の処遇に哀れみの顔をした。

「余と同じ立場になったか。将軍と御台所の子の行く末としてはかわいそうである。いつか、敦之助も、なぜ己が天下の主になれなかったのかとの鬱屈《うっくつ》した想いを胸に持つだろう。余はそれを鎮《しず》められなかった。敦之助、そなたはどうするのかの」

治済が庭から江戸城本丸の屋根を見た。

「将軍とは神君家康公の血さえ引いていればいい。だが、真の将軍とは違う。もちろん、家康公の血筋であるというのは絶対条件だが、なにより、先を見すぎてはいかぬのだ。百年先、十年先ではない。明日なのだ。家斉は、それができておらぬ。先を見すぎる。幕府百年の計などとほざくが、そのとき家斉は生きてはおらぬ。そんな責任も取れぬ将来のことを考え、明日を疎《おろそ》かにする。それで政《まつりごと》と言えるか。明日喰《く》える。民に保証してやる。それこそ天下を統《す》べる者の役目。ゆえに、余は家斉を認めぬ」

滔々《とうとう》と治済が述べた。

「他の者に殺させてはかわいそうじゃ。子のまちがいは親が正さねばならぬ。鬼よ」

「はっ」

四阿《あずまや》の陰で、冥府防人が平伏していた。

「行くぞ」

「お心のままに」

冥府防人が応じた。

「天下をかけて、殺し合おうぞ、豊千代。いや、将軍家斉」

力強い声で治済が宣した。

本書は文庫書下ろし作品です

|著者| 上田秀人　1959年大阪府生まれ。大阪歯科大学卒。'97年小説CLUB新人賞佳作。歴史知識に裏打ちされた骨太の作風で注目を集める。講談社文庫の「奥右筆秘帳」シリーズ（全十二巻）は、「この時代小説がすごい！」（宝島社刊）で、2009年版、2014年版と二度にわたり文庫シリーズ第一位に輝き、第3回歴史時代作家クラブ賞シリーズ賞も受賞。「百万石の留守居役」は初めて外様の藩を舞台にした新シリーズ。このほか「禁裏付雅帳」（徳間文庫）、「御広敷用人大奥記録」（光文社文庫）、「闕所物奉行裏帳合」（中公文庫）、「表御番医師診療禄」（角川文庫）、「町奉行内与力奮闘記」（幻冬舎時代小説文庫）、「日雇い浪人生活録」（ハルキ文庫）などのシリーズがある。歴史小説にも取り組み、『孤闘　立花宗茂』（中公文庫）で第16回中山義秀文学賞を受賞、『天主信長〈表〉〈裏〉』『梟《ふくろう》の系譜　宇喜多四代』（以上、講談社文庫）も好評。
上田秀人公式HP「如流水の庵」 http://www.ueda-hideto.jp/

天下《てんか》　奥右筆秘帳《おくゆうひつひちょう》

上田秀人《うえだひでと》

2012年12月14日第1刷発行
2016年8月1日第14刷発行

講談社文庫
定価はカバーに表示してあります

発行者――鈴木　哲
発行所――株式会社　講談社
東京都文京区音羽2-12-21　〒112-8001
電話　出版（03）5395-3510
　　　販売（03）5395-5817
　　　業務（03）5395-3615

デザイン―菊地信義
本文データ制作―講談社デジタル製作
印刷――――株式会社廣済堂
製本――――株式会社国宝社

Printed in Japan

ISBN978-4-06-277437-6

講談社文庫刊行の辞

二十一世紀の到来を目睫に望みながら、われわれはいま、人類史上かつて例を見ない巨大な転換期をむかえようとしている。

世界も、日本も、激動の予兆に対する期待とおののきを内に蔵して、未知の時代に歩み入ろうとしている。このときにあたり、創業の人野間清治の「ナショナル・エデュケイター」への志を現代に甦らせようと意図して、われわれはここに古今の文芸作品はいうまでもなく、ひろく人文・社会・自然の諸科学から東西の名著を網羅する、新しい綜合文庫の発刊を決意した。

激動の転換期はまた断絶の時代である。われわれは戦後二十五年間の出版文化のありかたへの深い反省をこめて、この断絶の時代にあえて人間的な持続を求めようとする。いたずらに浮薄な商業主義のあだ花を追い求めることなく、長期にわたって良書に生命をあたえようとつとめるところにしか、今後の出版文化の真の繁栄はあり得ないと信じるからである。

同時にわれわれはこの綜合文庫の刊行を通じて、人文・社会・自然の諸科学が、結局人間の学にほかならないことを立証しようと願っている。かつて知識とは、「汝自身を知る」ことにつきていた。現代社会の瑣末な情報の氾濫のなかから、力強い知識の源泉を掘り起し、技術文明のただなかに、生きた人間の姿を復活させること。それこそわれわれの切なる希求である。

われわれは権威に盲従せず、俗流に媚びることなく、渾然一体となって日本の「草の根」をかたちづくる若く新しい世代の人々に、心をこめてこの新しい綜合文庫をおくり届けたい。それは知識の泉であるとともに感受性のふるさとであり、もっとも有機的に組織され、社会に開かれた万人のための大学をめざしている。大方の支援と協力を衷心より切望してやまない。

一九七一年七月

野間省一

上田秀人公式ホームページ「如流水の庵」
http://www.ueda-hideto.jp/

講談社文庫「百万石の留守居役」ホームページ
http://kodanshabunko.com/hyakumangoku/

講談社文庫「奥右筆秘帳」ホームページ
http://kodanshabunko.com/okuyuhitsu/

上田秀人作品◆講談社

百万石の留《る》守《す》居《い》役《やく》シリーズ

老練さが何より要求される藩の外交官に、若き数馬が挑む！

第一巻『波乱』２０１３年11月　講談社文庫

外様第一の加賀《かが》藩。旗本から加賀藩士となった祖父をもつ瀬能数馬《せのうかずま》は、城下で襲われた重臣前田直作《まえだなおなり》を救い、五万石の筆頭家老本多政長《ほんだまさなが》の娘、琴《こと》に気に入られ、その運命が動きだす。江戸で数馬を待ち受けていたのは、留守居役《るすいやく》という新たな役目。藩の命運が双肩にかかる交渉役には人脈と経験が肝心。剣の腕以外、何もない若者に、きびしい試練は続く！

上田秀人作品◆講談社

第一巻『波乱』
藩主綱紀を次期将軍に
擁立する動きに加賀が
揺れる。

2013年11月講談社文庫

第二巻『思惑』
五万石の娘、
琴に気に入られるが、
数馬は江戸へ！

2013年12月講談社文庫

第三巻『新参』
数馬の初仕事は、
老中堀田家に逃れた
先任の始末!?

2014年6月講談社文庫

第四巻『遺臣』
権を失った大老
酒井忠清の罠が
加賀を追いつめる。

2014年12月講談社文庫

第五巻『密約』
寛永寺整備の
お手伝い普請の行方に、
留守居役らの暗闘激化。

2015年6月講談社文庫

第六巻『使者』
藩主の継室探し。
難題抱え、数馬は
会津保科家へ！

2015年12月講談社文庫

第七巻『貸借』
会津に貸しをつくり、
新たな役目をおびた
数馬は吉原の宴席へ。

2016年6月講談社文庫

〈以下続刊〉

加賀の参勤交代、迫る。
琴は遠く、数馬を想う。

上田秀人作品◆講談社

奥《おく》右《ゆう》筆《ひつ》秘帳 シリーズ

「筆」の力と「剣」の力で、幕政の闇に立ち向かう
圧倒的人気シリーズ！

第一巻『密封』2007年9月　講談社文庫

江戸城の書類作成にかかわる奥右筆組頭《おくゆうひつくみがしら》の立花併右衛門《たちばなへいえもん》は、幕政の闇にふれる。帰路、命を狙われた併右衛門は隣家の次男、柊衛悟《ひいらぎえいご》を護衛役に雇う。松平定信《まつだいらさだのぶ》、将軍家斉《いえなり》の父・一橋治済《ひとつばしはるさだ》の権をめぐる争い、甲賀《こうが》、伊賀《いが》、お庭番の暗闘に、併右衛門と衛悟は巻き込まれていく。「この時代小説がすごい！」（宝島社刊）でも二度にわたり第一位を獲得したシリーズ！

上田秀人作品 ◆ 講談社

奥右筆秘帳

- 第一巻『密封』 講談社文庫 2007年9月
- 第二巻『国禁』 講談社文庫 2008年5月
- 第三巻『侵蝕』 講談社文庫 2008年12月
- 第四巻『継承』 講談社文庫 2009年6月
- 第五巻『簒奪』 講談社文庫 2009年12月
- 第六巻『秘闘』 講談社文庫 2010年6月
- 第七巻『隠密』 講談社文庫 2010年12月
- 第八巻『刃傷』 講談社文庫 2011年6月
- 第九巻『召抱』 講談社文庫 2011年12月
- 第十巻『墨痕』 講談社文庫 2012年6月
- 第十一巻『天下』 講談社文庫 2012年12月
- 第十二巻『決戦』 講談社文庫 2013年6月

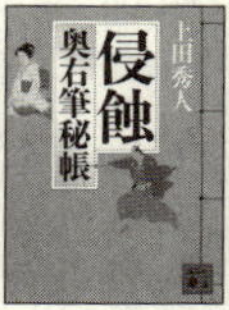

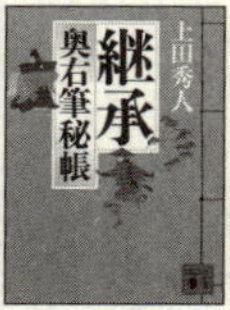

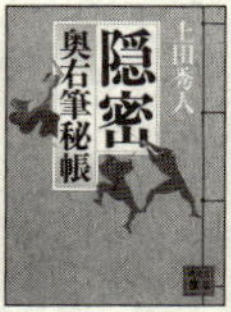

〈全十二巻完結〉

『前夜』奥右筆外伝 （近刊）

併右衛門、衛悟、瑞紀をはじめ宿敵となる冥府防人らそれぞれの「前夜」を描く上田作品初の外伝！

2016年4月 講談社文庫

講談社文庫　目録

歌野晶午　増補版 放浪探偵と七つの殺人
歌野晶午　新装版 正月十一日、鏡殺し
歌野晶午　密室殺人ゲーム2.0
歌野晶午　密室殺人ゲーム・マニアックス
内館牧子　リトルボーイ・リトルガール
内館牧子　切ないOLに捧ぐ
内館牧子　あなたが好きだった
内館牧子　ハートが砕けた！
内館牧子　B・U・S・U〈すべてのプリティ・ウーマンへ〉
内館牧子　別れてよかった
内館牧子　愛しすぎなくてよかった
内館牧子　あなたはオバサンと呼ばれてる
内館牧子　養老院より大学院
内館牧子　愛し続けるのは無理である。
内館牧子　食べるのが好き 飲むのも好き 料理は嫌い
宇都宮直子　人間らしい死を迎えるために
薄井ゆうじ　竜宮の乙姫の元結いの切りはずし
薄井ゆうじ　くじらの降る森
宇江佐真理　泣きの銀次
宇江佐真理　晩鐘〈続・泣きの銀次〉
宇江佐真理　虚ろ舟〈泣きの銀次参之章〉
宇江佐真理　室の梅〈おろく医者覚え帖〉
宇江佐真理　涙堂〈琴女癸《ことじょき》酉日記《ゆうにっき》〉
宇江佐真理　あやめ横丁の人々
宇江佐真理　卵のふわふわ〈八丁堀喰い物草紙・江戸前でもなし〉
宇江佐真理　アラミスと呼ばれた女
宇江佐真理　富子すきすき
浦賀和宏　眠りの牢獄
浦賀和宏　記憶の果て(上)(下)
浦賀和宏　時の鳥籠(上)(下)
浦賀和宏　頭蓋骨の中の楽園(上)(下)
上野哲也　ニライカナイの空で
上野哲也　五五五文字の巡礼〈魏志倭人伝トーク 地理篇〉
魚住　昭　渡邉恒雄 メディアと権力
魚住　昭　野中広務 差別と権力
氏家幹人　江戸老人旗本夜話
氏家幹人　江戸の性談〈男たちの秘密〉
氏家幹人　江戸の怪奇譚
内田春菊　愛だからいいのよ
内田春菊　ほんとに建つのかな
内田春菊　あなたも奔放な女と呼ばれよう
魚住直子　非・バランス
魚住直子　超・ハーモニー
魚住直子　未・フレンズ
魚住直子　ピンクの神様
植松晃士　おブスの言い訳
内田也哉子　ペーパームービー
上田秀人　密封〈奥右筆秘帳〉
上田秀人　国禁〈奥右筆秘帳〉
上田秀人　侵蝕〈奥右筆秘帳〉
上田秀人　継承〈奥右筆秘帳〉
上田秀人　簒《さん》奪《だっ》〈奥右筆秘帳〉
上田秀人　秘闘〈奥右筆秘帳〉
上田秀人　隠密〈奥右筆秘帳〉
上田秀人　刃傷〈奥右筆秘帳〉
上田秀人　召《めし》抱《かかえ》〈奥右筆秘帳〉
上田秀人　墨《ぼっ》痕《こん》〈奥右筆秘帳〉

2016年6月15日現在